独孤门下 著

长安三怪探之人狼变

译林出版社

一

一轮圆月，挂在高高的天空。

寂静的长安城内，白日的喧嚣繁华，全然被夜色吞净，空无一人的街道，只有打更的梆子声和偶尔传来的狗叫声。

时间差不多了，韦若昭端起一盘晚饭时剩下的饭菜和特意收集的肉骨头，出了房门，蹑手蹑脚来到荣枯地酒店后园院墙一豁口处，环顾四周见无一人影便蹲了下来，轻声学起狗叫。

不多时，月色中蹿出几只流浪野狗，先后从豁口处跳进园内，朝韦若昭的身边望了望，见韦若昭毫无敌意，手中端着的盘子飘过阵阵诱人的香气，其中一只胆大的野狗试探性地一步一步挪到韦若昭面前，头伸向盘中，叼出一块骨头，香甜地啃起来，其他狗见状一拥而上抢食起来。

韦若昭将盘子放到地上，看着脚边的野狗们抢食，不禁露出开心的笑容。“吃吧，可怜的小乖乖们，大家都有，谁也不许抢。”

旁边楼上独孤仲平的小屋传出来悠扬的古琴声，乐曲先是轻柔婉转，如行云流水，继而变得激昂顿挫，如江河奔腾，说不尽的千言万语尽在其中。

韦若昭听见琴声，脸上露出向往的神情，虽然还读不太懂独孤仲平和他的琴声，但少女的情愫和敬慕早已埋在心中，望望天上的圆月，一抹红云爬上了韦若昭的脸颊。

一只大个的黄色野狗吃得得意，不禁仰头向着月亮呜呜嚎叫起来。韦若昭赶紧朝它摆手，道：“嘘！大黄你不许吵，好好听我师父弹琴。”

大黄毫不理会韦若昭的警告继续叫着，引得其他几只野狗也跟着叫起来。

“嘘——你们再吵，我就不带吃的来了！”韦若昭说着，就端起了盘子，众狗立刻安静下来，眼巴巴地看着韦若昭。“这就对了，你们要做好狗，又不是属狼的，月亮一圆就要叫。”

韦若昭这才将盘子放下，众狗上前继续安静地吃起来。

“你们听，多美的琴声，可惜只有月圆的时候才能听到……”韦若昭再次抬头望着独孤仲平的阁楼，渐渐陷入遐想之中。

二更天时，寂静的夜空里远远地传来一声凄厉的狼嚎，天边的乌云渐渐围拢上来，刚还圆圆如银盘似的月亮变得模糊不清，一会儿便消失在云层里。

小买卖人王朗挎着包袱，背着斗笠，缩着脖子，拐进一条小巷。

今日一大早天刚亮，他赶到城外二十里的张家铺，送去了客人要的货，等结完账，已是未时。看天色还早，又在张家铺附近的两个小镇转了转，订出一笔小生意，定好三日后给买家送来，这才往回赶。进城时已快到关城门时间，匆匆用过晚餐，他又赶到同一坊内的兄弟家，看望生病的弟弟，一天的忙碌很是辛苦，拖着疲惫的双腿急急往家赶。

忽然，他似乎听到了狼叫，赶紧四下看看，却没什么动静。“不要吓我啊！”王朗嘴里念叨着，自己也觉好笑，这里是繁华的长安，大唐的都城，怎么会有狼呢？他继续往前走。

一阵阴风伴着说来就来的大雨席卷而来，道旁的树叶沙沙作响，豆大的雨点重重地敲打着青石地面，王朗赶紧戴上斗笠，加快了脚步。

暴雨中，一只狼的爪子轻轻地抠着树干，摩擦着，似乎等得已有些不耐烦。爪子上覆盖着长而硬的刚毛，是如假包换的狼毛，很好地隔绝了雨水，并无湿漉漉的感觉。

沙沙作响的树影，加上哗哗的雨声，王朗左右看看，莫名地觉得有些心怯，脚下的步子也越来越快。

树影葱茏，浓密的枝叶在黑暗中宛如帐幔。王朗刚刚走到一棵大树下。狼爪在树干上猛地一点，接着巨大的狼身一纵，从树上腾跃而下。

王朗被从天而降的巨狼吓呆了，恐惧万状的他刚刚要出声，就被硕大的狼扑倒在地。

巨狼疯狂地撕咬，王朗的衣襟和血肉在尖利的狼爪下一片片飞散开来。惨叫伴随着低沉的狼吼，但很快都沉寂下去。

狼头朝王朗的脖子俯了下去，一双碧油油的眼睛闪着幽幽的光。

但见王朗的尸身一动不动地躺在了地下，血从他身子旁边慢慢向四边流出，和着雨水，很快殷红一片。

硕大的狼爪从王朗身旁走过，小心地避开了血水。

王朗恐惧的眼神直直朝向天空。此时雨渐渐停了，乌云散去，朗朗明月又露了出来。

金吾卫右街使庾瓒和夫人裴氏躺在床榻上睡得正香，一阵咚咚的砸门声传来。

管家在门外叫道：“大人，快起来呀，韩捕头来了。”

庾瓒睁开惺忪的睡眼，欠起身，侧耳听听。“庾大人，快起来吧，出案子了！”这是金吾卫捕头韩襄急促的声音。

“什么狗屁差事，半夜三更还不让人安生！”裴氏这时也被惊醒了，她翻了个身，不满地抱怨起来。

庾瓒起身，一边寻找火石去点床头的蜡烛，一边还嘴：“狗屁差事，还不是你爹给安排的？”

“你要是有本事早升上去了，也不用天天和死人打交道。”裴氏毫不客气地回敬道。

庾瓒强睁睡眼，点亮蜡烛，开始往身上套官袍，他懒得和裴氏拌嘴，便道：“他们要半夜死，我有什么办法？你接着睡吧，我去去就来！”

他说着手持烛台，走出房间，外面管家与韩襄已经等得不耐烦，韩襄一脸惊惶，不时地用手去抹脸上的汗。

“人命？”庾瓒低声问。韩襄连忙点头。

庾瓒其实已经从韩襄的架势上看出一二，这家伙跟着自己也不是一天两天，能让他这大半夜心急火燎跑来的定然不是小事，庾瓒想着，脸上却还故意摆出漫不经心的模样，道：“又不是头回见死人，慌什么？”

“死人见过，可没见过这么死法的……”韩襄的声音带着压抑不住的怯意，“您还是去看看吧……”

“能有什么蹊跷？”庾瓒嘟囔了一句，神色却也变得严肃起来，“半夜三更净折腾人，但愿是个有钱的，不然夜宵钱都没地儿开销！”

城市的另一边，几个金吾卫士举着烛台、灯笼一路小跑来到荣枯酒店门前，叫开店门，直接来到韦若昭的房间前。很快，韦若昭披着金吾卫的制服从屋里出来。

“有案子了？”

敲门的金吾卫士点点头，道：“大人请独孤先生赶紧过去看看！”

韦若昭却摇头，道：“我跟你们去。师父夜里弹琴喝酒，弄到很晚，刚睡下。”见对方还有些迟疑，韦若昭又道：“再大的案子也就是先勾个图嘛！你这会儿去叫师父，就算把他弄起来，脑子也不清楚啊！”

金吾卫士想了想觉得也有道理，就引着韦若昭往案发现场赶去。

雨已经下透了，月亮又悄悄钻出云层，长安城到处湿漉漉的，空气中弥漫着水汽，映衬得一轮明月朦胧而惨白，倒是也别有一番景致。

几名金吾卫手举灯笼火把脸朝外围成一圈，把王朗的尸体照得通明。仵作许亮正俯着身子，仔细查看着。

庾瓒扭着肥胖的身躯赶过来，探头看去，只见王朗的胸腹已经被彻底抓烂，内脏流了一地，喉咙处被咬开个大洞，仿佛又开了一张嘴。

见此惨状，见惯了死人的庾瓒也抑制不住地一阵恶心，立刻转过身子，一股酸溜溜的东西直冲到嗓子眼，他忙掏出手绢捂住了嘴。

许亮瞥了他一眼，蔑视的嘴角微微上翘，道："别吐在这儿，和他肚里的食儿搞混了，查不清楚！"

庾瓒只得走开几步，前后摇晃几下身子，捂着口鼻，闷声闷气地问："这是什么弄的？"

"也许是一只老虎请了一只熊、一只豹、一只狼，吃了顿点心！"许亮没好气地嘟囔着，他一时也弄不清这可怕的伤口到底是什么造成的。

韦若昭这时背着画箱从远处跑来，气喘吁吁，边跑边叫着："我来了！我来了！"

庾瓒、许亮同时将疑惑的目光投向韦若昭，庾瓒道："独孤先生呢？"

"师父喝醉了，我来顶他一下！"韦若昭信心满满地答道，可说着只转头看了一眼尸首，立刻脸色大变，急忙扭过脸去，接着就呕了起来。

"别吐在我这儿！"许亮气急败坏地喊起来，韦若昭赶紧点头跑出几步，冲着墙角吐了几口。但见她用袖子擦了把嘴，接着便反身回来，摸出个手绢，系住口鼻，摊开画箱。

庾瓒和许亮有些吃惊地看着韦若昭，又互相对视一下，又各自以疑惑的眼神望着她。

“韦姑娘，你这行不行啊……”庾瓒很是担心，又唯恐自己的话说得重了，犹豫了半天才开口。韦若昭却一脸坚定神色，道：“庾大人您放心吧，我能行的！”

庾瓒这才将信将疑地点点头，道：“……那行，画仔细点儿！”

韦若昭刚拿出画具准备绘图，韩襄这时领着两个人气喘吁吁地跑过来。

“大人，快，快，隔壁，嘉会坊……”

“嘉会坊？”庾瓒一愣，“嘉会坊怎么了？”

韩襄紧张得几乎语无伦次，道：“又……又死了一个，和这个一模一样……”

二

天刚蒙蒙亮，荣枯酒店内阁楼中，独孤仲平睡得正香，突然间感觉有人用力地摇晃他。独孤仲平睁开睡眼，见是韦若昭，又合上了眼睛。

“嗨，乖徒弟，天刚亮呢……”独孤仲平嘟囔着，翻了个身想要继续睡去，却被韦若昭一把抓住，硬拖了起来。

“有案子了？”独孤仲平刚想抱怨，但见韦若昭正一脸严肃地瞪着自己，顿时清醒了不少，“这个案子很重大，而且很棘手？”他边说边坐直了身子，晃了晃还有些沉重的头，“也差不多，我是觉得该来个大案子了！”

“这也是能觉出来的？”韦若昭不禁好奇地看着独孤仲平。

独孤仲平只一笑，道：“你可以把全长安的凶犯想象成一个人，他永远抓不住也杀不死，那么干完一桩之后，他或许会歇一阵，而当他忍到忍不住的时候，自然就会再干一桩。”

韦若昭想了想，点头道：“我也有这种感觉。可是，说实在的，和这样一个人斗才能让我感觉兴奋！”

独孤仲平想不到韦若昭会这样回答，看着她跃跃欲试的样子却是一愣，半晌方喃喃地道："那是因为你还年轻啊……"

韦若昭却未曾注意到独孤仲平五味杂陈的语气，径自拿出两张自己画的图递过来，说："师父你看，这是我画的！"

独孤仲平稍瞟一眼，虽然那两张图画得不甚高明，但尸体血肉横飞，肠破肚流是画明白了。独孤仲平将图放到了一边，摇头道："有时候也不必画得那么仔细嘛！"

韦若昭指着图认真地道："这两个人都被开膛破肚，喉咙也被咬开。老许查过了，说像是一只或几只猛兽咬的，但说不上是什么猛兽，而且……"她不禁咧咧嘴，强忍着胃中条件反射似的翻江倒海，"老许说，他把这两个人被撕碎的内脏和肚里的食物点了一遍，没有少什么，只是被撕碎了。"

"一夜间死了两个人？"独孤仲平已经穿好了外袍，到屋角的脸盆里撩水洗脸，"而且是同样的方式？"

"嗯，这两个人死的时间都是夜半丑时左右，一个在嘉会坊，一个在相邻的延福坊，只隔几条街。嘉会坊这个人老许还认识，是金匠曾大头；另一个问了坊正，说是叫王朗，是背包袱串大户做小买卖的。庾大人怕吓着百姓，叫把尸首弄回衙门了，没留现场。"

"他倒是难得聪明一回！"独孤仲平笑着放下手巾，"我们走吧！"

"去衙门看尸首？"

"不！老许点过数的东西，错不了！"独孤仲平一笑，"去现场！"

师徒二人很快便来到延福坊王朗遇害的地方，望过去整洁的巷子已有行人走动，看不到一丝发生过惨案的痕迹。

韦若昭站在已经被清干净的王朗尸首处给独孤仲平比画着。“就在这儿，这样躺着。所有的那些都流出来，摊开在这儿。唉，可惜他们把这儿收拾得什么也没有了。”

“不会什么都没有，凶犯——也许是凶兽，气息应该还在！”

韦若昭很是不解，疑惑地问道：“师父，这种情况下，为什么你先来被破坏的现场，而不是去看尸首？”

“现在时辰正好，人少！”

人少？韦若昭看看四周，果然只有远处有零星的行人，可这又说明什么？再看独孤仲平并没有解释的意思，她只好带着一肚子不解跟着他朝不远处的嘉会坊走去。

嘉会坊的情形与延福坊没什么两样，人来人往的街巷里看不出任何发生过惨案的迹象。独孤仲平侧头看看后面的韦若昭，见她一副苦思冥想的神情，忍不住笑问：“怎么？还没想清楚？”

韦若昭不好意思地点点头。

“没关系。我可以给你提个醒。你好好想想，即使庾大人他们没把尸首弄走，现场也会被破坏，为什么？因为昨天夜里下了雨，很大的雨，你们到之前，很多东西就被冲走了。不过这也太巧了，凶犯或者凶兽也太走运了，那么也许……不过我们可以先把这点放下。我为什么还要来现场？因为出了两个同样的死人，同样的死法，同样的时间，那就说明，这不可能是两桩案子。两个现场之间，一定有什么相同之处！”

韦若昭忍不住接茬道："太一样的案子，一定是一桩案子！"

独孤仲平又笑了，道："是狄仁杰说的，可惜他除了说过这一句正确的话，没破过什么像样的案子。他的书，你不要看了。"

独孤仲平指的是韦若昭时常去衙门里找从前的旧案卷来看之事，韦若昭也跟着笑了，道："我知道！我早说嘛，狄仁杰要是活到今天，只怕连个小偷都抓不住！你说，庾大人是不是都比他强些？"

"庾大人嘛，倒是个例外。"

韦若昭听到这话哈哈大笑起来，独孤仲平也笑了，庾瓒这个人虽没什么本事，但他即使人不到，也能给大家带来欢乐，也许这就是他最大的本事。两人又沿着巷子走出一段，韦若昭突然站定，朝地下努了努嘴。独孤仲平顿时会意。

"就在这儿啊？"独孤仲平一面轻叹着一面缓缓地转动身子，扫视着四周和脚下已经什么也看不出的普通地面，很快，脸上便浮现出有所收获的喜悦之色。

韦若昭已经很熟悉师父的这个表情，她知道独孤仲平已经发现了有用的线索，但却怎么也想不出可能是什么，不禁又是崇拜又是焦急，道："发现什么了？"

独孤仲平却还故弄玄虚，道："你也来试试！"

韦若昭知道独孤仲平又在试炼自己，于是学着独孤仲平的样子一边转圈一边四下打量，起初也没觉得这样做有何帮助，这里实在是长安城中太普通太普通的一条寻常小巷，可当她渐渐专心起来，便很快发现了端倪。

"树！都有树！"韦若昭兴奋地喊出了声。

周遭路人顿时将好奇的目光投向韦若昭。独孤仲平颇为满意地点点头，道："不错，你又进步了。"

韦若昭得到师父的夸奖自然很是开心，两人此时已经来到那棵大树下。韦若昭仰望着头顶的树冠，道："师父，吃人的野兽是躲在这上面，然后下来的吗？"

"杀人的。你忘了，它什么也没吃。"独孤仲平若有所思地拍了一把大树，"得去弄把梯子来！"

韦若昭却摇头，道："不用，我能爬上去！"

"什么，你会爬树？"独孤仲平仰望了下高高的树冠，不由得瞪大了眼睛。

韦若昭见他吃惊的样子忍不住扑哧一笑，道："这有什么，来，帮我一把！"

独孤仲平上前屈膝，将信将疑地扶着韦若昭，而韦若昭踩着他的膝盖，三蹿两蹿地只一瞬便敏捷地爬上了那棵大树。

"小心点——"独孤仲平仰头朝上望着，神情有些忐忑。

见独孤仲平关心自己，韦若昭心中一热，笑了出来，但急忙忍住，说了声"没事"便继续沿着树杈往上爬去。

大树树冠的浓密程度超过了韦若昭的想象，她细致地搜索了好半天，果然在一处树杈间发现了一撮灰褐色的兽毛！韦若昭又向上爬了几步，再无收获，便顺树干滑了下来，还剩半人高到地面时，噌地一下跳到地上，得意扬扬地将那兽毛递到独孤仲平面前。

"还真是野兽，你看！"

独孤仲平接过来看了看，又凑到鼻子跟前闻了闻，却摇头道："到底是凶犯还是凶兽，现在还定不了！"

韦若昭想了想，说："那我们应该再去那边的树上找找？"

独孤仲平故意面露苦笑，叹口气道："徒弟太聪明了，也不知道是不是好事。"

两人随即又赶回延福坊命案现场，在一旁的那棵大树下，韦若昭打算如法炮制，但刚要上树，一个带着轻佻与不屑口吻的熟悉声音就在这时响起。

"哎呀，这一大早，就看见金吾卫的女差官在这儿爬树，看来长安城又不太平了！"

又是李秀一！这个洛阳来的私探！韦若昭急忙将手里的兽毛藏起，转身气哼哼道："你别唯恐天下不乱了，我们就是在这儿随便看看的！"

李秀一却冷冷一笑，道："啧啧，韦姑娘，你还是不如我了解长安这些贱骨头百姓啊，他们太喜欢秘密的事，所以弄得城里没有任何秘密了。一个大雨和明月交替出现的夜晚，繁华的长安城里居然来了猛兽，接连咬死了两个人，而且开膛破肚。"他说着抬头望了望树梢，"看来这猛兽是藏在树上发动突然袭击的，太会挑地方了！"

"我还在纳闷，李兄怎么还不来，李兄就出现了。"独孤仲平不无调侃地看着李秀一，"想是昨晚上也多喝了几杯？"

李秀一灼灼的目光却径自扫向韦若昭和她背在身后的手。"现在也不算晚，韦姑娘，你真的确定不把你手中的好东西给我看看？"

韦若昭白了李秀一一眼，道："有本事自己去找！"

李秀一却哈哈大笑起来，摸出一只狼爪在自己的脸上搔弄着，同时说："也好！不给看就算了！这案子太合我意了，我喜欢猛兽，而且对它们我可是有特殊的了解。"他说着又凑近独孤仲平，"独孤兄，游戏又开始了！"

"愿意奉陪！"独孤仲平始终一副不卑不亢的口吻，微笑应道。

看着李秀一扬长而去的背影，韦若昭忍不住骂了声"讨厌"，独孤仲平却若有所思地笑了笑，道："你真的那么讨厌他吗？他可帮了我们不少忙呢。而且啊……"他说着停顿片刻，"他不来，我会寂寞的。"

三

许亮拿着韦若昭从树上找到的兽毛，反复看了好半天，却还是一头雾水。刚才待李秀一走后，韦若昭在延福坊那棵大树上一番搜检，果然如预计的，也找到了和嘉会坊所得的质地完全一致的兽毛。

“这是什么野兽身上的可真说不上来，我看还是赶紧找个猎户来问问要紧。”

“城里哪儿来的猎户？”韦若昭听言有点着急，“得去万年县山里找。”

独孤仲平摇了摇头，一副不紧不慢的口吻，道：“就算找来猎户，也不一定认得出，量太少了。”

说话间门外突然传来一阵嘈杂，却是庾瓒风风火火地走进来，嘴里还嘟嘟囔囔的，显然气儿不顺。

“胖大人，怎么了？”韦若昭好奇地问。

庾瓒一屁股坐在自己的座位上，气哼哼地道：“最恨办这路穷鬼的案子，没油水不说，人还不讲理。这王朗和曾大头两家人来认尸，居然在我这儿打起来了！”

“两家打起来了？”韦若昭更加疑惑，“他们又不认识，为什么要打架？”

“谁说他们不认识啊？”庾瓒摇头晃脑，“这两家人原本早就认识！因为什么芝麻大小的生意，有过过节，一照面就跟斗鸡似的红了眼，没说几句，就动上了手。哼！惹恼了我，把他们都关到牢里就老实了！”

“我说，你这能撑船的大肚子，就多包容些吧，人家家里毕竟死了人了。”独孤仲平道，“现在人在哪儿？”

“让韩襄拉到廊子底下了。听听，还没吵完呢——”

众人当即侧耳倾听，外面果然有两伙人在激烈、嘈杂地争吵叫骂，不时夹杂着韩襄的劝解声。其中最响亮的莫过于两个女人歇斯底里的尖叫，听得出她们分别是两名死者的妻子，正各自以能想到的最恶毒、最不堪的言辞谩骂、诅咒对方。

“怎么会这样啊？”韦若昭听了一会儿觉得实在蹊跷，“这案子越来越怪了，两个冤家，怎么会在同一个晚上被同一只野兽咬死了？”

“我看这倒是好事！”独孤仲平这时面露微笑。

“怎么讲？”韦若昭、庾瓒以及许亮几乎异口同声地问。

“案子不是明朗了吗？他们两家有恩怨，有恩怨就是人事，不是鬼事，更不是野兽的事！”独孤仲平说道。他也侧耳听得很认真，这时已经发现了些端倪，心里也有了计较。

庾瓒若有所思地点点头，道：“那我把他们都叫进来审审？”

“那倒不必，”独孤仲平却摇头，“他们现在除了脏话，什么都想不起来！我们得等过后，分别去会会。”

荣枯酒店，独孤仲平的阁楼里再一次挂起了一张新的长安里坊图。韦若昭不禁笑道：“师父，我看下回咱们不用等新案子来了再挂图了，趁早挂出来，反正隔不了几天就得用一张！”

“别，那我可真睡不踏实了！”独孤仲平莞尔一笑，“来，你先把两具死尸发现的位置画上。”

韦若昭抬起画笔，在嘉会和延福两坊分别画上了尸体位置。

独孤仲平看着地图，道：“现在我们来分析一下，这两个人都死在自己居住的街坊，尸体没有被搬动的迹象。”

“当然，他们的内脏流了一地，不可能搬动。”

“而且还有现场的大树和大树上的兽毛，基本可以确定是致命攻击的来源。”独孤仲平补充了一句。

韦若昭又在两尸体旁分别画了个树杈的形状代表大树。

“两具尸体没动过，说明他们半夜只是在自己的街坊当中行走，没过坊门，没违反宵禁令。他们只是从附近常去的地方回家，或者是从家里去附近常去的地方。”独孤仲平继续分析着。

韦若昭顿时眼睛一亮，道：“那这野兽就不可能是流窜随机杀人，而是早就在树上等着他们？”

独孤仲平点点头，问：“可知道从嘉会坊走到延福坊需要多少时间？”

韦若昭回想着昨夜随同庾瓒等人勘查现场的路径，道：“很近，大概一刻钟吧，不过要过坊门。”

“凶兽或者凶手既然能从那树上跳下来攻击人，坊门对他来说应该不是问题。”独孤仲平沉吟着，“问题是，就算这两处离得很近，凶手也需要精确地知道两人出现在街上的时间，不然就会错过，要知道那时候正下着大雨。”

“等等，”韦若昭忍不住叫起来，“你是说这是人干的？”

独孤仲平点头却又摇头，道：“树上的兽毛也许可以作假，可你看到的尸体是人能够咬出来的吗？”

“不可能，内脏都撕碎了，脖子上还有兽牙留下的大洞。”韦若昭脱口而出，那令人恐惧得血液几乎凝结的凄惨景象瞬间又在她眼前浮现，真是想想都瘆人。

独孤仲平叹了口气，道：“如果这真是一只野兽，那它可实在是太聪明了！”

“嗯，那也许是人指挥野兽干的……”韦若昭边回想边道，“我记得在案卷里看到过一个案子，好像是在越州，大概是十年前还是八年前，一个人训练了一群狗，咬死了他的一个仇家，也是全身都撕碎了。这回说不定也是这样，可是……”她说着又露出疑惑之色，“可是狗不会爬树啊！”

“还是有启发的，去把那案卷找出来，然后到金匠家和我会合。”独孤仲平想了想，指了下韦若昭身上的金吾卫制服，“别穿这身衣服了，把人家吓着！”

韦若昭笑着吐了吐舌头，自打进金吾卫以来，她是真心喜欢上了这身皮，虽说查案子许多时都要穿便装，可只要有可能，她定会穿上这身衣服，一点也不嫌它显不出女性的身段姿色。她也知道独孤仲平不太喜欢看她穿这个，但还是忍不住想穿。她知道去受害人家走访，最好是换身便服，可谁知道师父是不是也是借机想看看她穿漂亮衣服呢？这样想着，她打算把刚做的那套织锦团花的衣服换上，又想到人家刚死了人，穿得太花太讲究不太好，那究竟穿什么呢？这倒真是不比查案省心呢。

庾瓒坐在右金吾卫衙门大堂的座位上，李秀一背着手在他面前走来走去，虽然瞧不起眼前这位又胖又蠢的右街使，但急于搞到线索，也不得不想尽办法从他嘴里套话了。李秀一道："我说过了，我对猛兽有着特殊的了解，非常特殊的。"

"可这总不太好吧！大家公平竞争嘛，毕竟这是他们找到的线索。"庾瓒拖着官腔道。

"大人破了那么多案子，现在还是个六品的右街使，虽说也是沾了朋友的功劳，可毕竟也有辛苦。薛长史干了什么？听说他又要高升了。长安什么都有，就是没有公平这东西。"

"这个嘛……"庾瓒颇有些尴尬地笑了两声，李秀一却看出他已经被自己说得动心了。

"两个人破了案子，不管是五五开还是三七开，大人只能在我那一份里省下两成，可要是我一个人破了案子，大人可以省下所有的两成。西市大街上随便一个小贩都算得清楚……"

话音未落，庾瓒已经将韦若昭交给他的那两撮兽毛放在了桌案上。

就知道这厮一定会上钩的！李秀一按捺着心中得意，凑近拿起那兽毛看了看，脸上神情竟变得更加兴奋。

"这案子，我越来越喜欢了，居然是狼干的！"

庾瓒却一愣，道："什么？是只狼？你不会搞错吧，连老许都认不出来。”

“千真万确！”李秀一自信满满地道，又从怀中掏出那只狼爪，放到庾瓒面前，“这是一只狼的爪子，大人不妨比对一下。”

庾瓒试探着伸手摸了摸，还是半信半疑：“哎，真是一只狼……可，会爬树的狼？”

庾瓒虽不聪明但常识总还是有的，要他相信这是一只狼犯下的案子，终归是太过匪夷所思了。李秀一对庾瓒的反应却显得颇不以为意，信誓旦旦地道：“大人你什么都不用说，不用想，静候佳音就是了。”

李秀一说完头也不回地扬长而去。

嘉会坊巷子里住着不少的有钱人家，一座一座围墙和院门在向路人展示着主人的财富和身价，曾宅在其中也算是显眼的，门前一对石狮子龇牙咧嘴，门匾上鎏金的“曾宅”二字更是赫然醒目。

韦若昭到底还是没穿那织锦团花的新衣，而是选了一身素雅干练的装扮，不过一旁的独孤仲平似乎完全没注意到她的这番心思。他倒是对迎出门来的曾大头老婆的打扮十分注意，把她从头到脚扫了个遍，韦若昭虽心下稍有不悦，还是跟着师父把她打量一番。只见那妇人仍是全身华丽花哨的裙服，只在腰间系了一条白色丝带，算是戴了孝，许是事起突然，孝衣孝帽还来不及扯。但见她眼圈红肿、神情悲伤，可饶是如此，手上、头上也还是戴着不少的金器首饰。

韦若昭先自我介绍，道：“我们是右金吾卫衙门的，这是我师父，独孤先生。”

“哦，那快请坐！”妇人又张罗着要给二人倒茶，却被韦若昭拦住。妇人注意到独孤仲平一直以有些古怪的眼神打量自己，愣了片刻突然想到什么，急忙去摘佩戴的首饰。“常有人来打首饰，这些都是大头让我穿戴着的，好给人家当个样子，没想到他就这样去了……”妇人边说边抹起了眼泪，“你们可一定要给我做主啊！”

“曾师傅平时可曾与人结下仇怨？”韦若昭问。

妇人顿时脑袋摇得像拨浪鼓，道：“哎呀，街坊四邻谁不知道？我家大头凭手艺吃饭，最是忠厚老实的。生意上宁肯自己吃亏，不肯欠了别人。要说有仇，就是那个王朗，他骗了我家大头一大笔钱，你们好好去查查他。”

“可王朗不也死了吗？”韦若昭又道。

“……那我就不知道了，”妇人一时语塞，继而又一副笃定的口吻，“他那样的人，仇家一定少不了！”

独孤仲平这时故意摆出一副为难神色，道：“曾师傅的事，衙门里一定会尽力查清楚的。我们嘛，只是给衙门里画画的，他们想要一张曾师傅的画像，可照着曾师傅那个……嗯，实在是不太好画……”

妇人闻声哭得更加伤心，哽咽道：“大头死得太惨了！”

“是啊！为了尽快抓到凶手，所以要请你帮个忙。”韦若昭赶紧在一旁敲边鼓。

妇人抹了把眼泪，想了想，道：“去年倒好像请画匠画过一张，我去寻寻看。”

妇人起身去旁边，开了箱子翻找，韦若昭见独孤仲平冲自己打个眼色，立刻会了意，也起身，装作四下观看摆满屋子的那些金器，凑到妇人的近前，只见箱子里除了衣服外还整齐地码着一排排的小金锭。但妇人警觉地立刻盖住了箱子盖儿，韦若昭只得悻悻地走开。

四

独孤仲平和韦若昭一起走出曾家大门。

韦若昭回头望了一眼身后的碧瓦高墙，忍不住道："师父，他家好阔气啊！除了一屋子的金器，你看那家具，那屏风，还有他媳妇的衣裳穿戴，哪儿像是个手艺人？简直和王侯大官有一比。"

"也许人家私下里还做了什么大买卖吧。"独孤仲平突然调皮一笑，"和你家比怎么样？"

"哼！我家有钱也不会像她那样，都贴在脸上。暴发户，就差把脸蛋也刷成金的了！她那箱子里头，好像也码着不少金锭，可惜她关得快，我没看太清楚！"

独孤仲平笑道："哦？你看，你看，人家也不是把钱都贴在脸面嘛！"

"人为财死，我看他的仇家少不了。"韦若昭仿佛置气似的嚷嚷起来。

独孤仲平却摇头反问了一句："要是为争财报复杀人，他家总得破点财吧，你看像吗？"

“那倒是。”韦若昭不禁又沉吟下来，“嗯，就是这点有些奇怪！”

两人随即又前往王朗住所，途中经过那棵大树，韦若昭不自觉地抬头朝上看，蓦地竟发现一张脸正倒挂着与自己四目相对。韦若昭吓得大叫一声，几乎跳起来，再一看才发现那人正是李秀一。

“你这是干什么？”韦若昭顿时不满地朝树上嚷嚷，“吊死鬼似的，吓死人了！”

李秀一嘿嘿一笑，还保持着倒挂的姿势，阴阳怪气地道：“我当是谁，原来是长安城的神探夫妻档，走好，不送了！”

韦若昭刚要张嘴回敬，被独孤仲平一把拉住，独孤仲平笑道：“李兄有此雅兴，咱们就别去打扰他了！”

独孤仲平拉着韦若昭离开，李秀一等两人走远了，这才一个鹞子翻身翻上树杈。

坐在浓密的树冠深处，李秀一有些悠闲地看着树下来来往往的人。说起来这地方的视野还真是不错，如果真的有一只狼……李秀一想象着，忍不住伸展四肢，以手当爪，扒住树干，口中也学着狼发出一阵嗷嗷的低吼。

从树下经过的行人听见响动不禁好奇地抬头张望，只听嗖一声，李秀一这时竟以狼的姿态一跃而下，瞬间便将靠得最近的那人扑倒在地。猝不及防的行人顿时发出一阵惊恐的尖叫，而李秀一仿佛十分兴奋，又作势在行人胸前乱抓，学狼的样子吼叫着，比画着，要咬他的脖子。

周围行人都被眼前一幕吓呆了，而李秀一“撕扯”了一阵，骤然收了势，起身退后。被扑倒的行人惊慌地站起来，见此时的李秀一与常人并无二致，恼怒起来，吼道：“你干什么？发疯啊！”

李秀一又是嘿嘿一笑，转眼再次作狼状朝那人扑过去。他骤变的眼神透着野兽才有的冷酷与杀气，行人彻底被骇住了，吓得掉头便跑，还边跑边喊着“狼来了”“狼来了”。

围观的众人也被吓得四散奔逃，远处的则躲在一边，战战兢兢朝李秀一张望。

李秀一被众人的反应撩拨得更加兴奋了，索性真的四肢着地，绕着大树闪转腾挪了一番，继而像狼一般仰天长啸起来。

“嗷——嗷——”这声音真的和狼像极了，围观的人这下也吓得纷纷逃开，巷子里瞬间已变得空无一人。

李秀一这才满意地站了起来，从怀中摸出根绳子，其中一头放在适才扑倒那行人的位置，另一头则朝大树抛去，这绳子上每隔一寸就用红蓝细绳做了标记，原来是一条简易软尺。

他看准了绳尺落在树下的标记处，伸手把绳子扯了回来，然后抓住那标记，量了量从这标记到绳子这头的长度，又抬头看了看树冠。

“好远！”李秀一喃喃自语着，“真是一头好狼啊！”

李秀一的思绪渐渐回到过去。那是多久之前的事了呢？中间已经过了多少年，他已有些模糊，但直到现在，他还清楚地记得那天的情景——

那是山间的几间普通农舍，门前有一个枯木篱笆围成的院子，时近正午，篱笆外，还是个瘦弱少年的李秀一手持羊鞭，正把一群羊赶进羊圈。

太阳晃得李秀一睁不开眼睛，他努力地眨眨，而母亲就在这时哭泣着冲出屋子，继父朱六手握一根粗木棒，骂骂咧咧地追出来。男人步子大，只几步便已经赶了上来，一把抓住母亲的头发，手中的木棒狠狠朝她身上打去，边打边骂。

“老子找什么女人用你管？自打娶了你和那个拖油瓶，老子就一直走背字儿，哼，早晚打死你们——”

母亲边哭边说：“求求你，别拿家里的钱去贴那药铺了，不然我们日子怎么过？”

“放屁！管着你们吃喝还要多嘴，敢管老子的事了！”

李秀一愤怒了，双眼圆睁，三步两步冲进院子，扑向朱六。

“畜生，你放了我娘！”

他说着和朱六纠缠在一起，朱六抛开李母，手中的棍子劈头盖脸打向李秀一。瘦弱的李秀一根本就不是朱六的对手，很快便被打倒在地。

李秀一彻底被激怒了，他顺手摸起身旁的镰刀，如同一只野兽，弓起背，眼中透出慑人的寒光。

“怎么着，你个小野崽子，想杀我？来啊！”朱六看出李秀一的企图，却有恃无恐地大喊道。

李秀一一声怒吼，应声扑了上来，但很快就又被打倒在地，镰刀也到了朱六手中。母亲哭着上前，却被朱六一脚踢开。

朱六接着扑上来按住李秀一，骂道：“让你长个记性，这世道杀不了别人，就会被别人杀！”

他说着挥起镰刀，朝李秀一身上乱砍，白色的羊皮袄顷刻间已被豁开，鲜血四溅。李秀一不禁惨叫着，母亲这时不顾一切地扑上来，死死抱住朱六的腿。

“快跑！秀娃——”母亲大叫起来。

朱六被母亲拉扯得分散了精神，镰刀砍空了，李秀一趁机爬了起来，看着母亲却还有些犹豫。

“跑啊！”母亲声嘶力竭地喊着。

李秀一一跺脚，翻过篱笆，飞奔而去。浑身是血的他跌撞撞沿着山路往前跑，突然间脚下一滑，顺着山坡滚了下去。

也不知过了多久，当少年李秀一醒来，漫天的雪花正从阴沉如铁的天穹飘落而下，漫山遍野几乎都被白雪覆盖，细碎的雪片落在李秀一头上，触碰到伤口，冰凉而刺痛。

挪动疼痛的身体，李秀一想欠身坐起来，但马上动作就僵住了，几声凄厉的嚎叫就在这时响了起来，在空旷的山间久久回荡。

李秀一紧张地环顾四周，有狼？他急忙挣扎着、摇晃着站了起来。

眼前弥漫的雪花中，一只，两只，三只……一群灰色的影子悄无声息地从雪地里冒了出来。李秀一急忙回头，身后的山坡上，也跳出一只，两只，三只……

李秀一知道自己是遇见狼群了，他紧张地喘着粗气，顺手从地上抄起一根木棍，紧紧握住，慢慢往后退。

冬日里狼群觅食不易，所以分外危险。少年李秀一不停地环视，稚气的脸上既有慌张、也有倔强。

渐渐逼近的狼群在距离李秀一不远的地方也停了下来，它们形成了一个包围圈，一双双绿幽幽的眼睛虎视眈眈地瞪着眼前的猎物。

突然，李秀一抡起棍子，劈头盖脸地便朝最前面的一只狼打了过去。狼群一时间仿佛都愣住了，似乎根本没想到就要到嘴的猎物会主动发起进攻。

坡上的头狼一声长嚎，群狼蜂拥而上。

李秀一开始还能击中几只，但更多的狼扑到了他身上，号叫着，撕咬他的羊皮袄。

更多的血流了出来，李秀一也号叫着，除了疼痛，更多的却是愤恨！

“打死你！打死你！”李秀一疯了似的挥舞着手里的木棍，迎面而来的群狼在他眼中已经变成了朱六的化身。少年手起棍落，几乎棍棍命中。

然而，狼实在是太多了，它们前仆后继地涌上来，李秀一渐渐没有了力气，哐啷一声，木棍脱手，他急忙后退几步，后背抵在一片低矮的石壁上。群狼在他面前调整队形，呈半月状围了上来。

殷红的血水顺着李秀一破碎的裤子，滴滴答答流在了白皑皑的雪地上。他低头看看自己伤痕累累的身体，又看看面前逼近的群狼，突然间鼻子一酸，抽泣起来。

难道我就要这样死了吗？李秀一忍不住用头猛磕了下身后的石壁，脸上是彻底的绝望和恐惧。继而，他发出了一声绵长而撕心裂肺的哀号，听起来却像回荡在空旷山野间的狼嚎一模一样……

王朗家狭小的厅堂里，独孤仲平左手端着画板、右手拿着画笔，正按照王朗媳妇的描述替亡者作画。韦若昭在一旁仔细打量整间屋子，发现内外陈设十分简单，甚至颇有些寒碜，与金匠曾大头家自然是天壤之别。

“眉毛有些挑的，这里有颗痣。”王朗媳妇指指自己脸上，继而忍不住哭起来，“先生改日再说吧，我现在实在是……”

独孤仲平闻声放下画笔，不动声色地朝韦若昭使了个眼色。韦若昭会意，急忙打岔道：“你家相公平日可曾和什么人结仇？”

“街坊四邻谁不知道，我家相公靠小买卖度日，最是忠厚老实的。生意上宁肯自己吃亏，不肯欠了别人。要说有仇，就是那个曾大头，明明是他欠了我家相公一大笔钱，却说我家相公骗了他！”

听了王朗媳妇愤愤的控诉，韦若昭、独孤仲平不禁对视一下。

“此话当真？”韦若昭问。

王朗媳妇点点头。“错不了！有一次他们在我家门口吵了起来。那曾大头说，早晚找人杀了我家相公。”她说着又补充了一句，“不少街坊邻居都听见了，你们可以去问！”

独孤仲平和韦若昭对视下，这可是个有用的线索啊！韦若昭已不用师父吩咐就知道自己该去做什么了，先找邻里了解问讯，再去见见坊正，一般情况下，这等事没有坊正不知道的。

五

韦若昭回到荣枯酒店时，独孤仲平已经看完了那个养狗杀人案的卷宗。但师父的结论让她略微有些失望。

“这养狗报仇的，没什么参考价值。他花了几年训练这些狗，只为杀一个熟人，这才得了手。”独孤仲平说着放下手里的案卷，“如果有个人，训练了一只野兽，帮他当杀手挣钱，这野兽得习惯夜间活动，会爬树，不怕雨，准确攻击主人指点的陌生人，而且一击致命，不留痕迹，太难了。”

韦若昭在房间里漫无目的地走来走去，一会儿又到墙边望望那地图，道：“要不要催催庾大人，他派人去城外找猎户了，要是能认出那兽毛是什么野兽身上的，也好啊。”

“不急，这是人事，就算有野兽掺和在其中，也是人事！”独孤仲平很是肯定，话里的意思再明白不过，这案子还是要从阅读人心的角度入手。

韦若昭想起还没汇报刚才查问的结果，就道：“哦，坊正说，确实有不少人听见曾大头扬言要找人杀了王朗。可王朗当时气不过，也说要找人杀了曾大头。总不会他们都找了同一个吧？”

“如果要雇凶的话，曾大头出得起钱，王朗未必出得起。这么特殊的杀手，不会便宜。”独孤仲平说着，手中下意识地摩挲着一枚开元通宝的铜钱。

韦若昭见了心念一动，正好这时走到琴桌边，她忍不住伸手摸了一下那张琴修补过的地方。

“师父，你是不是也在洛阳住过？”韦若昭盯着那琴问道。

独孤仲平回过头，道：“怎么想起问这个？”

“没什么，瞎问问。你什么时候也教教我弹琴好吗？”

“我的琴艺很差，你要想学，得拜个名师。”独孤仲平认真地说。

“那师父可有什么名师引荐给我？”

独孤仲平不禁打量一下韦若昭，韦若昭却避开了他的目光。

“一时想不起，容我打听一下。”独孤仲平意味深长地笑了笑。

李秀一迈步走进一家临街的小食铺，他环顾四周，坐到临街的一张桌子前，店小二上前殷勤招呼着：“客爷，您吃点什么？”

这时从里间传来一阵咩咩的羊叫声，李秀一眼睛一亮，问道：“你家刚进了活羊？”

店小二满脸堆笑。“是，是啊，您想来点儿羊肉？”

“来上三斤！”

“得嘞，您要酱烧的，还是白煮的，还是盐烤……”

“都不要！”李秀一一把抓住店小二，附耳小声嘀咕了几句。

店小二的脸色立时变得十分古怪，哆嗦着道：“啊，我没听错吧，您是要……”

“没错！我就要这后腿。”李秀一说着，故意用带鞘的刀拍了拍店小二的腿，“鲜鲜的给我切上一盘，不过火，不要任何佐料，懂了吗？”

“啊，生的？”

“正是！”李秀一将腰刀和一把铜钱，一先一后拍在了桌子上。店小二知道这样的主儿招惹不起，赶紧拿了钱跑开了。

很快，一盘鲜血淋漓的生羊肉被小二哆里哆嗦地端着，放到了李秀一面前。

“客——客爷，您看这是不是您要的？”店小二颤声问道。

李秀一伸手到盘中，拎起羊肉看看。四周的食客，一下子没了声音，都转头望着他。

“鲜红带血，没错！”李秀一说着就把羊肉放到嘴里，津津有味地大嚼起来。四周的食客见状一阵窃窃私语。而李秀一看着众人被吓到了的样子忍不住十分得意，还故意学起狼的样子，挑衅似的冲他们龇了龇沾满鲜血的牙。

众人在一片惊叫，坐得近的几个甚至起身奔向了远些的座位。李秀一嘿嘿笑起来，更加起劲地学着狼的样子撕咬着生羊肉。

生肉腥膻的气息在口腔里弥漫，李秀一的思绪也跟着回到了那个大雪天——

那时候他已经被狼群逼到了石壁跟前，绝望地哭喊着，扒下自己身上已被撕成一条一条的血迹斑斑的羊皮袄，扔到群狼面前。

“来啊，你们来吧！”少年扯开自己身上已经破烂不堪的中衣，露出瘦而硬的身躯，直面狼群锋利的獠牙。他心想，反正横竖是一死，总比让朱六打死了强，小爷死也要死得有尊严些！

寒风裹着雪片打在身上分外痛，但此时的李秀一已经全然注意不到。群狼面对李秀一的举动反倒迟疑起来，没有继续进攻。头狼冒着寒光的眼睛紧紧盯着李秀一，李秀一顿时被这目光刺激到了，扯着脖子大喊。

“来吧！畜生，吃了我啊！”

头狼犹豫片刻，往前逼近了一步，众狼也跟着上前，但没有一条扑上来。

“来啊！”李秀一眼中喷火，学着狼的样子一声长嚎。

群狼在头狼的带领下，突然扑向了扔在地上的羊皮袄，疯狂地撕咬之下，羊皮袄瞬间就被撕成了碎片。

望着眼前突生的变故，李秀一颤抖的身体又往后缩了缩，直到紧紧贴住石壁，恐惧的脸上写满了惊讶和困惑。

群狼几乎每只都叼着一小块碎羊皮，又恢复了半圆队形，围住李秀一，不进也不退。

李秀一抵着石壁的身体已无处可退，紧绷的神经、饥饿的肚肠已然让他到了极限，他突然眼前一黑，一头栽倒在地。

也不知过了多久，等李秀一逐渐有了知觉的时候，天色已经暗了下来。他感觉有个热乎乎的东西在搔弄自己的脸，待到缓缓睁开双眼，他发现竟是那匹头狼在身边舔着自己的脸颊！李秀一惊出了一身冷汗，又不敢乱动，只好继续趴着，拼命控制住自己身体的颤抖。

这时，头狼抬起头，盯着睁开眼睛的李秀一。

李秀一也只得盯着头狼的眼睛，一动不动。

突然，头狼一转身，来到身后环伺的群狼身边，又马上转了回来，嘴里已经多了块鲜血淋漓还带着一半羊皮的鲜羊肉。

李秀一盯着头狼，全身的肌肉都绷紧了。头狼一松口，将羊肉吐在了李秀一面前，然后退回去，站在环伺的群狼中间。

经过一整天的折腾，李秀一早已饥肠辘辘，看到眼前的羊肉，禁不住舔了舔下嘴唇，他的目光中露出向往的神情，可看到周边的狼群，强忍住没敢动。

头狼冲李秀一轻轻嗥叫，旁边的群狼也学它的样子轻轻嗥叫。

李秀一吃惊地看看这群狼，又看了看羊肉，再也按捺不住，一下子扑上来，抓过羊肉就朝嘴里塞，但从没吃过生肉的他，嚼了两口就忍受不了，吐了出来。

李秀一又抬头看了看群狼。头狼带头，群狼又冲他轻轻嗥叫着。李秀一这回感觉到了群狼目光中的善意，他看看手中的羊肉，饥饿终于逼使他毫无顾忌地吃起来……

不知不觉中，李秀一趴在小食铺的桌案睡着了。三斤生羊肉已然见了底，只剩下血迹斑驳的空盘以及三两个喝空了的酒坛了。

雨下起来了，哗哗的雨声伴随一阵嘈杂声，小食铺里的食客纷纷起身朝外张望，伙计也丢下手里的活，挤到门边看热闹。

李秀一被吵醒，抬头看了看四周。

“杀人啦！林掌柜被杀了！”一阵凄厉的喊声自外面响起。

李秀一一激灵，一下蹿了起来。小食铺里的众食客已经纷纷向外涌。李秀一分辨一下，这喊声是来自街对面的店铺，于是他伸手抓起桌上的腰刀，三步并作两步蹿了出去。

那店铺门口门面不大，也没有招牌，但本地人都知道那是一家地下钱庄。钱庄门口已经围满了人，李秀一粗暴地分开人流，挤了进去。

但见院子里一个瘦瘦小小的汉子正坐在地上哭喊着，旁边还有好几个人正就着空地使劲地呕吐、干咳，个个脸上满是恐惧加恶心的表情。

“死人呢？”李秀一粗声粗气地朝众人喝问道。

当即有人朝堂屋方向一指，李秀一毫不犹豫地冲过去，但刚到门口，却也被眼前的景象吓了一跳。但见算不得宽敞的屋子中央，横躺着一个胖子，自喉头至胸腹都被扒开，暗红色的内脏流了一地，死者两眼圆睁，脸上还保持惊恐万状的表情。这尸身发出的血腥混合着屎尿的恶臭弥漫在空气之中，直呛人的鼻息，也使得看热闹的众人都围在门口，却无人敢进到屋里。

与传说中王朗、曾大头的死状几乎一模一样！李秀一拨开看客，小心地从侧面踮着脚进屋。这是一间普通铺子的格局，有桌椅板凳和一道柜台，青砖铺就的地面几乎已经被流出来的血浸透了，李秀一一边查看地上的痕迹，一边绕过尸体往铺子后面走去。铺子后间，后墙上的窗户打开着，显然这是凶犯或凶兽撤退的路径。

李秀一于是又从侧面走到后窗口，通过开着的窗户向外望去，笼罩在一片雨幕之中的，是另一条街巷。大雨之中，恐怕什么痕迹都留不下了。李秀一收回目光，一低头，赫然发现眼前的窗台上竟留有两个血迹斑斑的爪痕。李秀一当即从怀里摸出那带有标记的绳尺，量了一下爪痕的尺寸。他的目光从地面扫到窗台，又从窗台回到地面，迅速地估测出了其间的高度和距离，足足有小一丈了！从尸体旁到窗户，地面上没有任何痕迹，只在窗台上留下了一对爪痕，也就是说，这匹狼竟然从尸体旁边一纵身就跳到了后墙的窗台上。

“真是一头好狼啊！”李秀一脸上泛起轻蔑的冷笑。

接到报案，金吾卫的人很快赶了来，看客们都被清走，钱庄内外满是进进出出的差官。

许亮俯在尸首旁查看。韦若昭摊开了画箱，又摸出手绢罩在自己口鼻上，在一旁勾画着。独孤仲平倒是一副悠然无事的神态，在屋子里四下溜达、打量。

韩襄领着刚才院子中惊叫的瘦瘦小小的汉子走到庾瓒面前，道：“大人，这就是钱二毛，死人就是他发现的。死的是这家钱庄的掌柜，姓林。”

庾瓒看着仍有些惊恐的钱二毛，道：“死人是你发现的？”

钱二毛脸色苍白，忙不迭点头。

“你是干什么的？”

“回……回大人，小的是贩果子的。”

庾瓒看一眼独孤仲平，独孤仲平冲他微微一点头，却并不凑过来，仍然在屋子里漫不经心地四下走动。

庾瓒看独孤仲平没有过来帮忙的意思，只好硬着头皮问下去：“说说吧，怎么回事？”

钱二毛道：“小的……小的来找林掌柜还钱，在大门外叫了许多遍也不见林掌柜来应门，小的纳闷，见门没锁，就进来了，谁想走到堂屋推门一看，哎呀我的妈呀！就看见林掌柜躺倒在这儿，身上就已经这样了……”

庾瓒又看一眼独孤仲平，见他依然没有回应，只好继续问。庾瓒道：“那你有没有看见什么人，或者什么野兽之类的？”

钱二毛顿时脑袋摇得像拨浪鼓，道：“没有，没有，我一进来，只看见林掌柜躺在这儿……”

独孤仲平远远听见了，于是特意看了看地下林掌柜尸体旁那一大摊血迹，又扫了一眼钱二毛，只见他的身上鞋上都是干净的，并无血迹。

另一边钱二毛还在继续陈述：“……别的什么也没看见，一开始林掌柜还在喘气，喘了几口就……”他说着一哽咽，抹起了眼泪。

许亮这时候突然没头没脑地笑出声来，却又急忙收住，好像生怕别人听见似的，搞得声音十分怪异，独孤仲平敏锐地瞥了他一眼，许亮急忙低下头去。

庾瓒可注意不到这些，他其实已经问不下去，但还不甘心，于是只好使出自己的最后一招——诈怒。庾瓒突然提高了声音，喝道：“胡说，你在骗本大人，以为我没听出来吗？”

钱二毛当即连呼冤枉，急切地说道：“小人说的句句是实，绝不敢骗大人！林掌柜平常一贯照顾小的，就算小的一时手紧，还不上钱，也没为难过小的，他遭了这个难，小的也是难过得很……”

庾瓒见他不吃这套彻底没了主意，好在独孤仲平这时终于施予了援手，朝他做了个放人的小手势。庾瓒心下当即长出一口气，他故意哼了一声，道：“那好吧！出去找录事把口供写了，随传随到！”

六

打发了钱二毛，独孤仲平踱到窗台前，看到了窗台上的鲜血爪痕，他冲韦若昭招招手。韦若昭急忙过来，低头看那爪痕。

“是那猛兽留下来的？”韦若昭一脸惊讶，“这么大的爪子，真不知道是什么野兽！”

庾瓒这时走过来，瞟了一眼窗台上的爪痕，忍不住晃晃脑袋，得意地道：“嘿嘿，这都不认识？明明是一只狼嘛！”

“狼？”韦若昭更加惊诧，“大人你怎么知道的？”

独孤仲平也不禁将疑惑的目光投向庾瓒，庾瓒顿觉失言，他将两人找到的兽毛私自给了李秀一鉴别，这才得知是狼毛的信息，却又没有告诉两人，现在话已出口才想起来，只得尴尬地笑笑，胡乱应道：“我就是瞎猜，你们画仔细了，回去再找猎户好好认认！”

韦若昭看出庾瓒心中有鬼，还想刨根问底，可见独孤仲平朝她使了个噤声的眼色，这才不情不愿地将追问的话吞了下去。

直到太阳偏西，金吾卫一干人等才从钱庄走出，中间两人抬了个用薄板临时拼凑而成的棺材。众人脚步都很沉重，而那棺材里还有血水渗出，滴滴答答淌了一路。

街上围观的百姓见状自然免不了交头接耳，仵作许亮有意拖在最后走出钱庄的大门，可一抬头，看见独孤仲平正在门外不远处回头望着他，许亮心里一颤，只得快走了几步来到独孤仲平面前。

独孤仲平开门见山地问道：“你认识这姓林的，对吧？”

“啊，也算不上认识。”许亮颇有些心虚地应了一声。

“别打马虎眼，你肯定管他借了钱的，怎么，人死了就不用还了？”

“唉，真是什么都瞒不了你！”许亮无奈一笑，“也就有个三十缗吧，其实大半是利钱。他是个放印子钱的，没看他这铺子什么招牌也没有嘛！这高利贷的买卖不合法度，可你到全城看看，其实到处都是这种黑钱铺子。”

“别说那没用的，把你可以不还钱的理由说来听听！”

“你怎么知道？”许亮不禁诧异地瞪大眼睛。

独孤仲平一笑，道：“勘查尸首时，你笑了一下，每回我免了你的账，你就会露出那个表情。”

“原来如此。”许亮点点头，“服了你了。这姓林的虽然财迷，可也怪得很，可能是这路缺德生意干多了，谁也信不过吧，所有的借据票子他都一个人藏着，就怕还不上债的偷抢了去。这下好，他人没了，别人找不到那些票子，这账当然就不作数了！”

见许亮按捺不住的开心笑容，一直没吭声的韦若昭忍不住调皮心性，插言道：“那你不是最有嫌疑？说，是不是你雇了个养猛兽的杀了他？”

“嘿，小姑娘家，可不许胡说！我怎么会认识……”许亮急忙分辩，情急之下，连脖子都涨红了。

独孤仲平当即拍拍许亮肩膀，笑道：“老许要想杀人，哪还会麻烦别人？他自己一人一刀，顷刻间就能把人全拆开了！”

“算了算了，不跟你们两个说了，老子得去赌两把庆祝庆祝。”许亮冲师徒两人撇撇嘴，甩开大步头也不回地走了。独孤仲平与韦若昭望着他的背影忍不住笑了起来。

回到荣枯酒店，独孤仲平和韦若昭匆匆吃过晚饭，便又开始对着那张里坊图琢磨起来。韦若昭用画笔在延康坊位置上画了个圈，作为最新一位死者的标记。

“这回发生在延康坊，又是下雨，后窗户外又有一棵大树，”韦若昭边画边说，“我觉得肯定是像老许这样想欠钱不还的人，雇凶杀了林掌柜，那么就可以肯定，这个养猛兽的人是个收钱杀人的杀手！”

独孤仲平没说话，自顾自打量着韦若昭从现场描画下来的爪痕。一旁韦若昭还在继续发表意见：“还有，猎户还没请到，胖大人怎么随口就那么确定这爪印是狼的呢？他不可能知道，一定是他还请了别的帮手，多半就是那个讨厌的李秀一！”

独孤仲平随手取过纸笔勾画起来，全不应声。韦若昭走过去晃晃他的胳膊，嚷道：“哎呀，师父，你听到没有？我们得去找他理论理论，他一定是把我们查到的线索告诉了李秀一！”

“那好办，我们要他把李秀一查到的线索也告诉我们，不就成了？”独孤仲平这才抬起头，笑着说。

“哎呀，师父你这方面脑子怎么转得这么慢啊？李秀一要的价一定比我们低，胖大人当然愿意让他破了案子，只哄着我们给他提供线索。师父，我们可不能吃这个亏！”

独孤仲平看着韦若昭义愤填膺的模样忍不住笑了，道：“有你这算计的工夫，不如赶快去替我办件事，到咱们本坊的二道街铁匠铺，让他们照这个图打两副，今天就要。”他说着将手里刚刚画好的一幅图样递给韦若昭，“然后再去王朗和曾大头家问问他们认不认识林掌柜，回来告诉我！”

“那李秀一……”韦若昭还不甘心。

“有李秀一帮咱们一起查，不是挺好？”独孤仲平诙谐一笑，“你快去吧！”

李秀一大摇大摆、毫无顾忌地走进布政坊右金吾卫衙门，庾瓒已经满脸堆笑地迎上前。庾瓒道：“哎呀，秀一老弟，这案子可棘手了，又出了一条人命啊！”

“延康坊，地下钱庄，林掌柜，对吧？”李秀一轻蔑地哼了一声。

庾瓒一愣，道：“哦？你都知道啦？哎呀，你说让我静候佳音，这怎么一天不到又死了一个？再这样下去，我可交代不了啊！”

“这不就是佳音吗？死的又不是什么官宦大户，多一个少一个，只要案子破了，上峰哪会当真为难大人？”李秀一脸上又挂出那副习惯性的嘲讽的笑，“昨天那两个死鬼家，据我所知，一个是穷光蛋，一个是铁公鸡，大人您也正在发愁呢吧？这不就死了个放印子钱的，又有钱，又不合法度，秀一真得恭喜大人发财了！”

庾瓒听了却毫不见欣喜之色，叹气道：“你是不知道，这姓林的财可不好发。”

“为什么？”

“你刚来长安，地面还不熟。西市周围这几个坊，凡是开黑钱铺放印子钱的，都是在帮的。不是龙首会，就是四海帮，哦，还有个什么天道盟，这些个帮背后都有朝里的大脑袋撑着，手下又有一帮不要命的，想让他们给我这小衙门出点辛苦钱，难啊！”庾瓒说着叹了口气，看来这些年来，他不是没琢磨过，确是没从这路人身上刮出什么油水。

“是吗？”李秀一玩味地一笑，刚想说什么，就听见院子外传来一阵喧哗。

“我们要见庾大人，讨个说法——”

“对，让我们进去——”

嘈杂的喊叫与金吾卫士的阻拦声此起彼伏，庾瓒脸色更加不善，摇头道：“唉，你看怕什么来什么，这不是来找麻烦了！”

庾瓒知道凭门外的金吾卫士根本拦不住这帮凶神恶煞，索性朝手下一摆手：“让他们进来！”

一群黑衣壮汉迅速涌进来，一时间，连宽敞的衙门大堂也突然显得狭小了。但见来者各个粗壮结实，横眉立目，一看就不是善类，每人腰里都掖着一根短棍。

庾瓒一见这伙人气势汹汹的架势就先矮了半截，原想指望李秀一，但那家伙早已经闪身躲到屏风后面去了。

庾瓒自知绝不能在这些人面前输了面子，否则以后的差更不好当，便站在台阶上，勉强摆出官老爷架子，拖着声音道：“何人在此喧哗啊？”

为首的汉子脸色铁青，朝庾瓒拱了拱手道：“庾大人，在下龙首会龙十八有礼了。”

庾瓒一摆手，道：“免了！你们找本官有何事？”

“庾大人，林掌柜惨死在自己的铺子里，你查得怎么样了？”龙十八的口吻十分轻慢，显然根本就没有把庾瓒这个六品朝廷命官放在眼中。

庾瓒心中不快，嘴上却支吾道：“这个嘛……林掌柜显然是被猛兽所害，实在有些蹊跷，本官正在督促手下，全力稽查。”

“光天化日之下的闹市，哪儿来的什么猛兽？就算是有，也定是仇家弄来害人的。”龙十八自然不买庾瓒的账，“庾大人，这可是在你的地面上，你要是不给我们弟兄个说法，我们只好拼上一条烂命，到京兆府或者金吾卫大将军衙门里，讨个公道了！”

庾瓒忙赔着笑脸道：“别！啊别！人命关天，哪能没说法？那这林掌柜是你们的……”

“那是我们结义的好兄弟。”

一直没说话的李秀一这时凑近屏风，就如独孤仲平平常做的一般，小声给出了指点：“问他们仇家是谁？”

庾瓒本来并不习惯来自屏风后的声音变成了李秀一的，但眼下不听他的，自己又有什么主意呢？当即只得完全照做，便道：“哦！你口口声声说林掌柜是被仇家所害，可有什么线索？”

龙十八冷冷一哼，道：“线索？还用什么线索？除了天道盟的那帮畜生，还会有谁？庾大人，我们兄弟先给你个面子，不过三天之内，要是没个说法，我们只好自己找回公道了！”

龙十八说着嗖一声从腰间抽出短棍，余下的黑衣汉子也纷纷跟着效仿，众人舞着手中短棍，一时间吵嚷之声不绝于耳。

“对！靠自己，找回公道！”

“绝不能便宜了天道盟！”

庾瓒见状只好连连点头，安抚道：“好了，好了，啊……这个线索很有用，本官会好好查的，你们暂且回去，不许闹，不许上街！”

龙十八又是一声冷笑，一拱手，道：“好，我们走。庾大人，别忘了，三天，就三天！”

七

龙十八一伙闹哄哄地出了金吾卫衙门，庾瓒一直目送他们的身影出了大门，看不见了，这才擦了擦头上冒出的汗。李秀一不紧不慢地从屏风后转了出来。

“看见了吧？都是些不要命的主儿！”庾瓒朝李秀一抱怨。

李秀一脸上却满是胸有成竹之色，道：“恭喜大人啦！你这财不但是发定了，这案子我看也大有进展，说不好就破了。”

“什么？”庾瓒顿时一愣，“你什么意思？”

“大人，只要照我说的做，您不但不用找他们要钱，他们还得抢着给大人您送钱。”

“这怎么讲？”庾瓒听了虽说心向往之，却是越听越糊涂。

见庾瓒真的不明白，李秀一只好耐下性子解释道：“大人没听出来吗？天道盟是他们的死敌，多半也不是好相与的。不管林掌柜是不是他们找人杀的，这两帮，只怕现在已经剑拔弩张了。大人只需在底下微微那么一挑动，让他们狠狠地火并一场，要上街，动静要闹得越大越好，最好死伤他几个。”

“那怎么得了？这可是在我的地面上啊！”

“大人您放心！大不了您就是挨顿骂的事，可他们在天子脚下，坏了面子上的太平，多大的官也不敢罩了。到那时，再有势力，为了压倒对方，都会抢着巴结管街面的衙门，大人您就等着数钱吧。”

庾瓒眼珠转转，瞬间明白了李秀一的用意，脸上露出笑容。庾瓒道：“成啊！秀一老弟，想不到你还有这等脑子。”

“雕虫小技，想必这等主意独孤仲平也没少给大人贡献吧？”

庾瓒却连连摇头，道：“他只会破案子，这种生意上的事，哪比得上秀一老弟你啊！”

“还好，大人还记得我是生意人，那收的贡奉……”

“六四？”庾瓒试探着问。

“五五！”李秀一一脸似笑非笑的神情，语气语调却十分坚决。庾瓒虽然心有不甘，但也知道自己有求于人，只好无奈地道：“成交。”

“那就多谢了！”李秀一拱拱手转身朝外走。

庾瓒却又朝李秀一喊道：“哎，等等，你刚才说这案子也能顺便破了？”

“只消让他们火并一场，我自有办法！”李秀一的声音已经是自大堂之外传来了。

一个四十左右的汉子背着一个圆鼓鼓的硕大包袱，来到光德坊的荣枯酒店。在阿得的指引下，汉子登上逼仄的阁楼，独孤仲平显然已经等了许久，汉子在独孤仲平面前将包袱打开，却原来里面装满了大大小小、颜色不一的劣质狗皮。

“这是纯黑狗的，这是大张的黄金背，这儿还有杂色的，”汉子一张张展示自己带来的狗皮，“您看这毛的长度、油头，都是上好的货色！”

独孤仲平随手翻检着，漫不经心地说道：“都没有几张一色儿的，再便宜点。”

汉子故作咬牙切齿的样子，道：“谁让你是谷大厨的朋友呢，看你也是真有心要，干脆这些一共二百文，全归你了。”

“二百文？”独孤仲平不禁哑然失笑，“你这些也就是街上套来的野狗，又没有本儿，还是再便宜些吧！”

汉子赶紧赔笑道：“瞧您说的，野狗是不假，可也得套，也得杀，还得剥，赚的就是份辛苦钱啊！”

独孤仲平想了想，道：“好吧，二百就二百，谁让我急用呢。”

“天还热着，您急什么？您要想缝个狗皮褥子，再多出五十文工钱，过两天我给您缝好了送来。”

独孤仲平一边掏钱一边摇头。“不用了，我要派别的用场。”

“那您再需要什么，随时找我！”汉子笑嘻嘻收了钱，将已经空了的包袱皮叠起来收好，转身正要朝外走，韦若昭恰在这时推门进来。她手里拎着两对打好的铁狼爪，看见桌上的一摞狗皮，惊得花容失色，气愤地问道：“你们在干什么？”

“听谷大厨说，这位先生要几张狗皮，这不刚送过来。”

汉子说着朝那堆狗皮一努嘴，韦若昭勃然大怒，喝道：“你把它们都杀了，你个畜生！赶快给我滚，这儿没人要你这些东西，快滚！”

她说着就卷起那几张狗皮砸向那汉子，汉子揣了钱，朝门口跑，嘴里不满地嚷嚷着：“哪儿来的疯姑娘，真是好没道理！”

独孤仲平急忙上前拦住韦若昭，抢下那一卷狗皮，道：“是我要的！”同时又朝那汉子使了个眼色，示意他快走。

等汉子下楼的脚步声听不见了，独孤仲平方才叹了口气，道：“你这吵吵嚷嚷的干什么？”

“干什么？”韦若昭心中依然气愤难平，“你为什么要买这些东西？”

“我有用处……”

“有用处也不行，这些小狗多可怜啊！没有家，没有人管，还要被这种畜生杀。”韦若昭气得眼泪在眼眶里打转，“而你——你居然从他手里买！”

独孤仲平对韦若昭激烈的反应颇有些无奈，道：“你看看，这些皮都鞣好了，肯定不是你喂的那一拨。”

“那也不行，你太狠心了！”韦若昭气鼓鼓地嚷嚷着。

独孤仲平凑过去看看，想逗她笑笑，韦若昭不予理会，又将头扭向另一侧。独孤仲平叹口气，知道以这小姑娘的脾气，越劝越是不依不饶，索性回到阁楼中央，捡起韦若昭扔在地上的那两副铁狼爪，四散摆开，又将那一张张各色狗皮摆在四个爪子中间。

韦若昭见独孤仲平不再理会自己，倒忍不住侧头瞟了一眼，独孤仲平朝她讳莫如深地一笑，韦若昭急忙又生气地扭回头去，却按捺不住用眼角的余光朝他打量。

但见独孤仲平摸出一把剪了，蹲下剪开了狗皮，然后再拼在一起，经过一番颠来倒去的折腾，一个摊开的巨大狼形逐渐显现在眼前。

他这是干什么？韦若昭实在忍不住好奇，转身看着独孤仲平的举动。

独孤仲平又去屋角搬出一个木头削的巨大狼头，这狼头一看就削制得很匆忙，即粗糙又有些滑稽。独孤仲平把狼头摆在地上那巨大狼形的中央，这样一来一只完整的大狼皮就清晰呈现在眼前。

韦若昭情不自禁站起身，走过来，瞪大了眼睛。

独孤仲平这时拿出早已准备好的针线，捉住两张狗皮的接缝处缝起来。韦若昭想要刨根问底，偏偏独孤仲平摆出一副毫不理睬的架势，韦若昭偷眼看看独孤仲平笨手笨脚的样子，想笑又使劲忍住。

独孤仲平突然哎哟叫了一声，仿佛被针扎到了手，还夸张地把手放到嘴里吮。韦若昭终于忍不住笑出声来，上前一把夺过独孤仲平手中针线。

“拿过来吧，原来你也不是样样都行！”

韦若昭低头一针一线飞快地缝起狗皮，独孤仲平在一旁看着看着，不觉打趣道：“想不到你这样的大小姐，针线活做得倒不错！”

大约过了半个时辰，韦若昭抬起头，将针别在衣襟上，双手拎起缝好的整张皮子，独孤仲平急忙搭手。

木头狼头、四个铁狼爪与这几块狗皮拼起来的整张皮子凑在了一起，摊开来确如一头硕大无比的狼的皮子，只是因时间仓促做工粗糙，样子看起来很有些滑稽。

独孤仲平和韦若昭将皮子全部展开在地上放好，居然有一人高。

“师父，你做这张假狼皮干什么用？”

“我想知道一下，这只狼到底有多大。”

“可这——这也太大了吧？”韦若昭有些疑惑地问。

独孤仲平回答：“根据爪子的大小，算起来就应该有这么大。”

“哪有这么大的狼啊！”

“没有才好啊。”独孤仲平讳莫如深地笑了笑，“我看你可以披上这张狼皮，到楼下去吓吓那些酒客。”

韦若昭连连摇头。“我才不要呢，这么难看！”

一阵突如其来的嘈杂就在这时自楼下传来，酒客的骚动夹杂着胡姬的尖叫，随之而来的还有纷乱而急促的脚步声。韦若昭好奇地走向窗前，道：“怎么还没吓唬他们，他们就乱了？”

独孤仲平脸上却浮现出了然之色。“听这架势，该是韩捕头来了！”

如独孤仲平预料的一样，来的确实是右金吾卫捕头韩襄，以及一大群金吾卫士。

韩襄径直跳上大厅中央供胡姬们跳舞的小台，宣布道：“大家不要乱！不要乱！今晚大家就不要出门了，留在这里喝酒就好。”韩襄话音刚落，荣枯酒店的大堂里顿时炸开了锅，部分酒客和胡姬围上来，众人七嘴八舌地猜测着是不是出了什么事。

“怎么回事啊？我们又不过坊门，回家都不行吗？”

“是啊！我们都是本坊的，出什么事啦？”

韩襄忙不迭地解释:“没有什么事，我们也是为大家好，今晚出门不太安全，我们……我们也会留下来，和大家一起饮酒，咱们闹他个通宵！”

碧莲这时风风火火冲过来，一伸手揪住韩襄衣领，媚笑道:“你个韩瘦鬼，就别卖关子了，肯定是庾大人叫你们来的，就算为我们好，也得说清楚怎么回事嘛！”

碧莲身上浓郁的香气抑制不住地往韩襄鼻子里钻，韩襄不禁脸上发烧，嗫嚅道:“可是大人吩咐过，这事是不能声张的……”

“都是自己人，怕什么嘛？”碧莲笑靥如花看着韩襄，却是一副不问出个所以然誓不罢休的架势。

韩襄又扫视了一下众人焦虑的目光，无奈地一跺脚，道:“那我要是说了，你们可都不能说出去啊！”

众人被他吊起了胃口，更加不耐烦，一迭声“不会的”“绝不说出去”胡乱应着。

韩襄清了清嗓子，煞有介事地郑重说道:“庾大人得了消息，今天晚上龙首会和天道盟恐怕会闹出些事情来，所以派我们来保护大家。大家放心喝酒，只要不出这个门，什么事也没有。”

“嗨，敢情是这么回事！”碧莲心里有了底，赶忙安慰众酒客，“好了，好了，大家都去喝酒吧！”

众人搞明白与己不相干，就安下心来，纷纷返回自己座位，又大呼小叫地喝酒行令如常了。碧莲对韩襄小声抱怨:“你们来就来嘛，干吗穿着这身皮，看把大伙吓的！”

“不穿这身壮胆，万一那些不要命的真过来招惹，嘿，我的人跑得比他们还快。”韩襄一脸无奈。

碧莲撇撇嘴，道：“好吧，单给你们在廊下摆一桌，别坐在厅里碍眼了！”她说着朝其他金吾卫士招呼着，“都跟我来，我请你们喝酒！”

八

独孤仲平与韦若昭其实早已来到楼下，目睹了这一切。韦若昭不禁满腹狐疑地问独孤仲平：“庾大人知道帮会要火并，为什么不去街上管，单只派人来保护荣枯酒店呢？”

“这个嘛——”独孤仲平神秘一笑，“看来你的碧莲姐，也没把她的故事全告诉你啊！”

“我去找她问问！”韦若昭的好奇心全然被挑了起来，三步并作两步地跑去追碧莲要问个究竟。

独孤仲平等韦若昭走了就朝韩襄使了个眼色，韩襄急忙凑过来。

“龙首会和天道盟的事跟林掌柜有关？”

韩襄点点头，道：“姓林的那死鬼就是龙首会的人，龙十八今天上衙门来找场子，大人听了李秀一的，在底下故意挑唆……”他说着停顿片刻，“可我没想明白，让他们打一架对我们有什么好处？”

“当然有好处，你们马上就有钱分了。”独孤仲平不禁笑起来，难怪庾瓒总和李秀一眉来眼去，这家伙能出搞钱的主意，当然颇合庾胖子的心意啦。

见韩襄还是一头雾水，独孤仲平伸手拍拍他的肩，道："当你的差吧！有事我会招呼你的。"

大堂旁边的廊下，一桌酒席已经摆开，碧莲和众金吾卫士正兴高采烈地喝在一处。韦若昭走过来，当即有金吾卫士招呼她。

"韦姑娘，来，来，来，跟我们喝一杯！"

旁边其他人也跟着起哄："一块儿当差这么久，还没和你喝过酒呢！"

"喝就喝，哪个怕了你们？"

韦若昭大大咧咧往席子上一坐，抄起一杯酒向众人示意一下，一饮而尽。

众人顿时爆发出一阵欢呼，碧莲也笑着凑过来，却道："哎呀，你个小姑娘家，别听他们挑唆，这些个浑人喝了酒，肯定拿浑话脏了你的耳朵，还是我来收拾他们吧！"

金吾卫士们闻声顿时开始起哄，其中一个笑道："老板娘这是什么话？要是我们的浑话韦姑娘爱听呢？罚酒！罚酒！"

碧莲顿时呸了一声，伸出纤纤玉指朝说话的人一指，道："我还不知道你们？吃柿子专拣软的捏，来啊！一人一个双杯，谁先趴下就是乌龟王八蛋养的。"

碧莲说着手起杯落，一眨眼的工夫两杯酒便进了肚。众人见状自然也不能败兴，各自喝了双杯，嘻嘻哈哈笑闹起来。

韦若昭趁众人笑闹的间隙问碧莲："我说碧莲姐，胖大人为什么单只派人来护着你的酒店呢？"

“那还用问，这店里也有他一份嘛！”碧莲满不在乎地笑起来，“要不他能这么上心？”

韦若昭一愣，道：“可你不是说这店是师父给你……”

“你师父要花什么钱还不是庾大人出？嘿嘿，这些以后再跟你说，你别在这儿和这些浑人厮混了，他们一会儿就要说姑娘家不该听的了。”碧莲说着端起一盘吃食递给韦若昭，“把这个送到后院去。他们有个兄弟不会喝酒，一个人守在那儿。”韦若昭还想再问，碧莲却已推她站起来，笑道：“快去吧，等有空了我和细说！”

韦若昭只好端着盘子离开，在座的金吾卫士们还颇为不舍，纷纷嚷嚷着：“韦姑娘，你怎么走了？”

“关你屁事？人家又没看上你，你还是跟老娘厮混吧！”碧莲已经一把勾住那金吾卫士的脖子，笑着将一杯酒灌了下去。

众人顿时被她大胆而香艳的举动吸引过去，个个不怀好意地哄笑起来。

韦若昭端着盘子走进后院，就看见一个金吾卫士站在院中，正手扶腰刀，警惕地四下张望着。

“这位兄弟，”韦若昭赶紧出声招呼，“这是老板娘特意让我送来的，辛苦你们了。”

金吾卫士急忙走过来，道了声“谢谢”，恭恭敬敬地伸手从盘子里取了些食物。他的面孔十分年轻，面色也比其他人黝黑的肤色来得苍白了些。

韦若昭不由得好奇起来，道：“你叫什么？我怎么没在衙门里见过你？”

“小的叫江平，刚到金吾卫当差。”

“哦，”韦若昭点点头，“听说你不喝酒？”

江平有些不好意思地垂下头，腼腆地道：“小的不会喝酒，胡乱吃些就行，他们俩在那边，这些您都给他们吧。”

韦若昭看着他如此认真的样子忍不住笑了，道：“喂，今儿晚没什么大事，你不用那么认真，一看就是刚当差。”

江平听了这话更加腼腆地笑了。

这是一个没有月亮的夜晚。

漆黑的街道空旷寂静，突然间，从一侧房舍的黑影中，蹿出一个强壮的汉子，接着又是一个……他们一个接一个地迅速聚集在一起，每人手中都握着一根两尺长的短棍。

这时，街斜对面的一侧房檐下，也迅速闪出一个又一个的影子，手中都拿着闪亮的短刀。

街两边的房舍有几户人家尚未闭户，见街上突然涌来这么多人，急忙关门闭窗上闩，吹灯熄火，赶紧哄孩子睡觉，人们都躲在自家院内的角落里，听着外边的动静，不知将会发生什么，心里只求菩萨保佑不要祸及自己和家人。

巷子内房舍两侧的人还在聚集，愈来愈多，已开始沿街排开。

街两侧的人群怒目而视，没人说话，更没人下到街上，只是贴住自己这一侧房舍站着。双方战事一触即发。

而在同一条街道的一处高大院落的房顶上，趴着一个黑衣人，一双炯炯有神的眼睛正观察着街道的一切。

黑衣人自然是李秀一，他早在白天就选好了这个观察的位置，此刻，眼看着这出自己一手策划的好戏即将上演，李秀一抑制不住内心的兴奋，在夜风中喃喃自语着：

“好，都给我打起精神来，一会儿谁也不许不卖力气——”

而在这个注定将不会太平的夜晚，长安城另一个角落，独孤仲平还在油灯下饶有兴致地摆弄着那张铺在地上的巨大的假狼皮。韦若昭坐在旁边有些无所事事，又有些欲言又止。

“师父，我们……”

“你想去看他们火并，对吧？”独孤仲平不等韦若昭说完便笑眯眯地开了腔。韦若昭被他说中心思已经习惯，因此也不甚奇怪，只盼师父能带自己去开开眼，她还没见过黑帮火并呢。但独孤仲平却道：“现在还早呢，他们后半夜才会动手。”

“你怎么知道他们后半夜才动手？”

“他们各自广招帮手，这些人并不都是咱们光德坊的，打完了之后，总得快些散了去。”

韦若昭想了想，点头道：“哦！我明白了，后半夜动手，打完了正好天亮开坊门，他们就可以赶快离开，免得官府查问。”

“有断手断脚的，也好赶快去找郎中。”独孤仲平补充道。

“原来这长安的帮会打架也有规矩。”韦若昭显得很兴奋，“还真是长见识了！”

“你先去睡吧，到了时辰我叫你。”独孤仲平决定打发韦若昭离开，韦若昭难得没提出异议，开了门出去却又扭过头来，道：“我知道了，原来这荣枯酒店是胖大人出钱开的。师父，你真有本事，为什么你想花什么钱都是他出？”

“小姑娘家问那么多干什么？”独孤仲平故作不满，“快去睡觉！”

韦若昭这才吐吐舌头，关上门离开。

望着韦若昭的背影，独孤仲平笑着摇了摇头，再看看地上的假狼皮，突然心念一动，仰身躺到了上面，头枕着木头狼头，又把四肢伸开，正好与假狼皮的四肢一般大小。

“真有这么大的狼吗……”

独孤仲平自言自语着，毛茸茸、软乎乎的狗皮垫在身下十分舒服，而独孤仲平本来就有些疲惫，趴在上面很快便不知不觉地睡着了。

而李秀一趴在高耸的屋脊上，瞪大眼睛，密切关注着脚下局势的发展。

街道两侧对立的人群越聚越多，龙十八和天道盟的老大钻山鼠在各自帮众的簇拥下也出现了，两人隔着街互相瞪视着，谁也不愿先移开目光。各自的帮众以两人为中心聚拢过来，一伙短棍，一伙短刀，都扬了起来。

“嘿嘿，好戏终于要开始了！”李秀一用狼爪搔着脸颊，得意地笑了。

一阵凉风就在这时袭来，李秀一打了个颤，鼻子一耸，险些要打喷嚏，他急忙伸手捂住。一瞬间，他忽然回想起自己曾经带领狼群袭击继父家羊圈的往事。

那件事就发生在他与狼群遭遇后不久。少年李秀一趁着夜色悄悄回到继父朱六的住处。他四下看了看，万籁俱寂的夜晚，目光所及之处不见半个人影，自家羊圈就在眼前，羊群正紧靠在一处，安静地休息。

李秀一朝羊圈对面的屋舍方向张望，又扭头望向自己背后那浓郁的夜色。夜色中，一片绿幽幽、闪闪发亮的眼睛，那是饥肠辘辘的狼群。

“呜呜……”李秀一模仿着狼的叫声，回头低低召唤。

站在狼群最前面的头狼也发出一声低嗥，作为对李秀一的回应。

李秀一又一次轻声召唤着，而这一次，头狼短而急促地应了一声，继而带着群狼悄无声息却迅速地向羊圈靠拢过来。

李秀一从石头后闪出身，悄悄走到羊圈前，解开了扣住羊圈门的绳子，打开圈门，又冲群狼叫了一声。

群狼在头狼的带领下一拥而入，扑向了羊群。羊群惊叫起来，群狼或咬或叼，顷刻间就有几只羊倒下，鲜血四溅。

而李秀一远远躲在一旁看着眼前的景象，忍不住得意地笑了……

九

远处的天色已有些发白，放眼望去，下面街道上的局势也到了一触即发的地步。

但见街道两侧黑压压的两群人已经开始跨下街道，同时向路中央逼近。两帮人沿着路中央排开，各个抵住，龙十八和钻山鼠又各自往前走一步，面对面站着。

“钻山鼠，我当你不管怎么说也是条汉子，没想到你真是个属耗子的，害死了林掌柜，怎么也不留个字号下来？”龙十八眯着眼睛恶狠狠地嚷着。

钻山鼠顿时没好气地哼了一声，道：“龙十八，好久没打码头了，身上痒痒了就说话，不用找什么借口。姓林的虽然该死，我们兄弟倒还没空帮这个忙！”

“怎么，你还想赖账？”

“哼，有什么可赖的？不过，既然你觉得是我们杀的，那就算我们的好了！”

龙十八听了钻山鼠满不在乎的回答，回头朝自己的帮众高喊起来：“你们可都听见了？”

早已等得不耐烦的帮众们得此号令当即一拥而上，龙十八也扭回头，扑向了钻山鼠，两伙人终于各抄家伙，混战在一处。

一时间街道上满是械斗的人群，短棍扬起的劲风与短刀闪耀的银光交织着，血肉横飞，惨叫不断，而李秀一居高临下看着眼前这性命相搏的景象，脸上却闪动着难以抑制的兴奋。

“这就对了！”他舔了舔嘴唇，喃喃自语着。

独孤仲平朦胧之中感到有人在使劲摇晃自己的肩膀，挣扎着睁开惺忪的睡眼，见是韦若昭，就想再躺下去。

“师父，快醒醒，我们要晚了！”

独孤仲平有些懵懂地看看眼前的韦若昭，又瞄一眼窗外，见天已放亮，这才想起昨天说的带她去见识黑帮火并的话，急忙坐了起来。

“糟了糟了，不喝酒就是误事！”独孤仲平一边嘟囔着一边穿鞋，只匆匆披了件外褂便手忙脚乱地冲出门去。

两人一路来到两派火并现场，街头不时有受伤的人经过，有的捂着头上流血的伤口，有的瘸着腿，也有不少互相搀扶着跑过。

“师父，你看他们是不是打完了？”韦若昭有些失望地问独孤仲平。

独孤仲平也一副自责的口吻，道：“唉！都怪我，怎么一睡就过了！”

突然，韦若昭一眼看到对面的巷子里，钱二毛正靠在墙上，手里拎着短棍，贼头贼脑地注视着街上匆匆跑过的人群。“哎？那不是钱二毛吗？”韦若昭好奇地嚷了一声。

独孤仲平顺着韦若昭手指的方向望去，见真是钱二毛，急忙拉了她闪身躲进一旁的小巷。

钱二毛显然没有发现独孤仲平与韦若昭，他只顾盯着街上，见有受伤的帮众扔下沾满血迹的布块和破衣服，就急忙跳出来捡了，又缩回去，用这些鲜血斑斑的布块，在自己脸上、衣服上一阵乱抹，又把手上的短棍也抹了。接着，他又用沾了血污、泥土的手拍拍自己的脸，便拔腿朝巷子更深处跑去。

韦若昭按捺不住好奇，小声道：“师父，你说他这是干吗呢？”

独孤仲平一笑。“过去瞧瞧不就知道了？走！”

师徒二人于是跟着钱二毛沿巷子前行，这钱二毛分明对周遭地形十分熟悉，七拐八绕，很快便来到了适才发生冲突的主街。龙十八在几个手下的簇拥下正匆匆往前走，钱二毛看准时机，拎着短棍，气喘吁吁地迎面冲出来。

“哎，大哥，不好意思，我来晚了！”钱二毛扬了扬沾满血迹的短棍，有些忐忑地望着龙十八，“不过还好，路上干了他几个！”

龙十八眯起眼睛上下看了看他，道：“回去再说吧！”

龙十八一行人继续往前走，钱二毛小心地跟到他身后，一副小心翼翼的样子，又按捺不住脸上的得意。

韦若昭望着钱二毛和龙十八一伙的背影，吃惊地道：“想不到这钱二毛也是龙首会的，那他和林掌柜不就都是一伙的吗？”

“看样子是，天道盟的人都拿着刀。”独孤仲平点点头。

“这小子可太滑头了，”韦若昭一跺脚，“自己兄弟流血的时候先躲起来，等架打完了才出来装蒜。我看他和林掌柜的死有干系，在现场的时候，他为什么不提和林掌柜是一个帮的？”

独孤仲平脸上渐渐泛起笑容。“看来我们来得正好，要是看了打架，不就见不着这出好戏了？”

对钱二毛真实身份的意外发现确实是他睡过头的结果而不是出于他的安排，这种好运气虽不常有，但也绝不是从未发生。关键是要自己先步步行在对处，才有可能交上好运。所谓人必自助而后天助之是也。倘若那天不是将满口扯谎的钱二毛先放了，如何能有今天？这些是以后要教韦若昭慢慢领悟的。可如果她这些都悟明白了，韦若昭还是韦若昭吗？独孤仲平想到这儿不愿再想下去，急忙强行收回自己的思路，盘算着在钱二毛身上突破案情的计划。

韦若昭还沉浸在意外收获的兴奋中，她也意识到钱二毛身上可能会有出线索的机会，但师父别的心思，她就完全察觉不到了，可能也因此，她还是快乐的。

昨夜发生骚动的消息早已传入庾瓒耳中，庾瓒一面庆幸没有闹出大乱子，一面又有些忧心万一事态不如李秀一承诺的那般顺利该如何是好。因而当韦若昭说出适才所见，庾瓒顿时紧张起来。

“什么什么？钱二毛有问题？哎，那林掌柜的尸首不是他发现的吗？”

“就因为是他发现的，所以才有问题。他们明明都是龙首会的，他却偏不提这一节，这不是心里有鬼吗？”韦若昭道。

庾瓒更觉惊讶，大声道：“钱二毛也是龙首会的？你们怎么知道的？”

“这都要感谢大人安排的这一场火并好戏啊！”一直没开口的独孤仲平这时悠悠然一笑。

庾瓒不觉尴尬起来，嗫嚅着：“啊，这个嘛……”

幸好韩襄的匆匆闯入替庾瓒解了围。韩襄进来后就说：“大人，龙首会和天道盟都派人来了，险些在门口撞见，得亏我机灵，一个领到东厢房候着，一个让录事带到大人您书房去了，让他们离得远远的。”

独孤仲平闻声又是一笑，朝韦若昭眨眨眼，笑道：“你看看大人的妙计有多灵，咱们得恭喜大人发财了。”

“我不也是为破这案子嘛，顺便……”庾瓒嘿嘿笑着，“大伙都有份，都有份！你们还是抓紧找线索啊。”

独孤仲平这时收敛了笑容，正色道：“那就麻烦韩捕头把钱二毛请到这儿来一趟。”

“对！对！”庾瓒一拍大腿，“韩襄你马上去，要悄悄地办，别惊动了他们帮里的人。”

“不，要大张旗鼓地去请，一定让街上的人都看见。”独孤仲平急忙纠正。

“这是为什么？”庾瓒、韦若昭几乎异口同声地问。

独孤仲平却只诡秘一笑，道：“有好处，他来了，你们就知道了。”

龙十八看着站在自己面前的李秀一，一时间竟有些反应不过来。就在刚才，这个人全然无视把守在门前的一众彪形大汉，大摇大摆地走进了龙首会馆的大门，张口便要求自己想办法帮他杀一个人。

作为一个混了二十多年的老江湖，龙十八还从来没见过这般有恃无恐的主顾，就见他将一个沉甸甸的包袱往自己面前的案上一放，口吻轻松得仿佛闲话家常。

“我也不想麻烦你们直接出手，只消在龙老大你广泛交游的江湖朋友里寻个海底干净的，悄无声息地做了，也免得后事麻烦！”

他说着打开面前的包袱，里面全是一缗缗铜钱，颇是不少。龙十八瞟了一眼桌上的钱，又不无疑惑地上下打量着李秀一。

“你为什么要找我？”

“我不是长安人，自己找门路不很方便。”

龙十八又迟疑了一下，道：“我的意思是，长安城里能找到这般门路的又不只我龙首会一家……”

李秀一嘴角扬起一丝冷笑。“既然龙老大问了，我也不隐瞒，其实我刚刚去过了天道盟，他们的老大钻山鼠却不肯接我这笔生意，说什么现在是多事之秋，道上无门无户、专做这路生意的都没一个身手利索的！而且——”李秀一说着故意停顿片刻，“他看我肯出这些个钱，又说苦主多半不好对付，一时间找不到称手的人！”

龙十八果然被李秀一的话挑起了兴趣，哼了一声，轻蔑地道：“那厮向来是个怂包！”

李秀一心中得意，表面却不动声色，点头道：“是啊，早知便该直接到龙首会来，倒省得白跑那一趟！”

龙十八再一次眯起眼睛，道：“你说你想要个无门无户，海底干净的？”

“不错！免得找后账！”

“好，你这买卖我接了！”龙十八说着朝身后打了个响指，钱二毛很快闻声出现。龙十八朝钱二毛使了个眼色，钱二毛急忙上前胡乱将包袱一裹，收了起来。

“你要杀谁？”

李秀一听了龙十八的话不禁微微一笑，一字一顿地道：“我要杀的混蛋是给洛阳衙门追逃的私探，名叫李秀一！”

十

李秀一说完目标的姓名，接着便将一张写有地址的字条拍在桌案上。而龙十八只略略扫了一眼，便笑着摇了摇头。

龙十八道：“地址用不着，只要有名字，我这朋友就能找到他。你回去吧，七天之内听信儿！”

李秀一有些惊讶，道：“哦？这李秀一可还有些手段。”

龙十八和钱二毛交换了一下眼色，轻蔑地笑了起来：“放心吧！管保叫他死得好看。”

“那就多谢龙老大了，在下告辞！”李秀一拱了拱手，转身便朝门口走去。龙十八的声音这时又从背后传来。

“这位兄弟，你在洛阳发什么财？招惹了官府？”

李秀一却不回头，只摆了摆手，道：“我从他们那领的赏钱太多了。”

龙十八和钱二毛看看眼前装满沉甸甸铜钱的包袱，顿时自以为会意地哈哈大笑起来。

迈出龙首会馆，李秀一大步流星地穿过一条街道，四下张望了一遍，未见有人跟踪，便闪身进了一条小巷。只见李秀一迅速脱去外袍，露出里面另一套花色、样式都有明显不同的衣裳，接着又从怀里摸出一顶胡帽扣在头上，这才不紧不慢地回到了刚才的街上，他佯装成采买的主顾，站在龙首会馆对面的货摊前，一双眼睛警觉地注意着进出会馆之人。

过了不到一盏茶的工夫，钱二毛便揣着手从会馆大门里走出来，四下张望了一遍，便沿着大街向西而去。李秀一见状，不禁满意地哼了一声，毫不犹豫地跟了上去。

钱二毛一路往西，还不时地警觉地回头张望，却根本就没有发现一直不紧不慢跟在后面的李秀一。钱二毛越走越快，很快便已经走到长街的尽头，就在他要转弯进入一条小巷之际，几个金吾卫士突然从斜刺里冲出来，挡住了钱二毛的去路。

“钱二毛，你跑不了了，给老子站住！”为首的正是韩襄，高叫着领人将钱二毛围在当中。钱二毛见势不妙，转身还想跑，当时便被几个金吾卫士扭住手脚、按倒在地。

钱二毛疼得龇牙咧嘴，一迭声地告饶。不远处的李秀一见此情景，惊诧之余只得收住了脚，闪身躲在一个墙垛之后。

“官爷你们弄错了，小的什么也没干啊！”钱二毛高声哀求着。

韩襄冷冷哼了一声。“干没干，回了衙门才知道，走吧！”

眼看钱二毛被金吾卫士连拖带拽地押走了，此时街上已经聚集了不少看热闹的民众，李秀一自知机会已失，却实在按捺不住心中愤怒，恨恨地啐了一口。“他妈的，这帮蠢货！坏了老子的好事！”

右金吾卫衙门大堂内，庾瓒已经端坐在大堂正中的位子上，身后摆放的屏风上是当下长安城最贵的画师杜岭画的美人图，放在这大堂里十分突兀，却成了独孤仲平与韦若昭的藏身之处。

“带钱二毛。”

随着一声响亮的吆喝，钱二毛被几个金吾卫士推搡着来到堂上。他战战兢兢地抬起头，就看见庾瓒正一脸严厉地瞪着自己，旁边两列站堂衙役也个个横眉立目，当时便吓得扑通一声跪倒在地，浑身哆嗦着道：“大人，冤枉啊，小的什么也没干啊！”

庾瓒哼了一声，冷笑道：“什么也没干，那你跑什么？”

“实在是那几位捕头的样子太过吓人，”钱二毛说着还畏缩地朝旁边的韩襄瞟了一眼，“小的一时害怕，就犯了糊涂，跑了起来。”

庾瓒又道：“那我且问你，你和林掌柜都是龙首会的，上次问你的时候为何不说？”

钱二毛眼珠一转，道：“这个嘛——我怕说出来，影响大人您办案子，以为我净是护着自家兄弟。您知道，我们和天道盟的人一直不对付，我若说了，我和林掌柜都是在缘的兄弟，怕您觉得我们是结了伙，来寻仇的。”

这小子嘴皮子还挺厉害！庾瓒心想着，张口便要呵斥他不得撒谎，独孤仲平的声音就在这时自屏风后响起。

“顺着他的意思说！”

庾瓒一愣，有些不解，但还是立刻照办，瞬间堆出一脸假笑，道：“那这么说你倒是一番苦心啦？”

钱二毛一副十分委屈的模样，连连点头，道:“是啊！是啊！要说这事，我们兄弟都觉得和天道盟少不了干系，可在官府面前，无凭无据的，岂敢乱说。大人，林掌柜可死得太惨了，您一定要替我们兄弟做主啊！”

他说着甚至又挤出几滴眼泪，连连叩头。屏风后韦若昭只听得又气又急，想要张口却被独孤仲平严厉的眼神制止。

“夸他几句，把他放了。”独孤仲平凑到屏风近前，低声道。

庾瓒、韦若昭虽然隔着一道屏风，却几乎同时惊讶地瞪大了眼睛。庾瓒以为自己听错了，赶紧凑近屏风，压低声音问道:“什么，把他放了？”

而屏风后独孤仲平的声音却显然十分笃定:“没错！马上放。”

庾瓒努力想了想，还是想不明白，但听独孤仲平的总不会错，于是大声道:“原来是这样，难得你们龙首会的兄弟有这番公正之心，看来本大人是误会你了。”

钱二毛一听心中一喜，觉得自己这一番说辞起了作用，赶紧点头附和道:“是是是，误会！误会啦！”

庾瓒大度地摆了摆手，道:“既然这样，你就回去吧，林掌柜的事，我一定会替你们做主的。”

钱二毛赶紧磕头如捣蒜。“多谢大人！多谢大人！”

一旁的韩襄自然十分不解，庾瓒瞥了他一眼，又道:“你没听见吗？替我把二毛兄弟送出去。”

等韩襄等人簇拥着钱二毛离开大堂，庾瓒当即迫不及待地来到屏风后。他多少有些没好气，埋怨道:“哎呀老弟，这小子分明就是在扯谎，连我都听出来了，你怎么把他放了？”

独孤仲平一脸平静，道：“像这等小混混自然是不肯马上说实话的。”

“看他贼眉鼠眼的样子，定然吃不住打，我让韩襄他们几个好好伺候他，保准能让他张口啊！”

“打出来的实话听起来还有什么意思？要是再缺了一半句要紧的，多不划算？”独孤仲平一副胸有成竹的样子，“你放心，现在把他放了，很快他就会回来，把知道的都告诉我们。”

韦若昭和独孤仲平走出大堂，韦若昭回头看看，见庾瓒等人没跟上来，就凑近独孤仲平，神秘兮兮地问道：“师父，你是不是还有什么妙计整治钱二毛？”

独孤仲平促狭一笑，道：“你辛辛苦苦缝的那身狼皮行头总得派点用场嘛！”

“哦，我明白了！”韦若昭兴奋地几乎跳起来，她已经悟到独孤仲平打算怎么干了，急忙毛遂自荐，“师父，你让我去吧！”

“你？”独孤仲平一副不信任的模样。

“你放心，这种捉弄人的事，我最拿手了！”韦若昭像个小孩子似的使劲摇晃着独孤仲平的胳膊，“师父，求求你，就让我去吧！”

独孤仲平看着韦若昭着急的样子不禁笑出声来，道：“好了，好了，本来我也没打算自己去。”

韦若昭心下暗喜，却故意嗔怪地嚷嚷起来，道：“敢情你早都计划好了！”

独孤仲平只嘿嘿一笑，道：“人尽其才嘛，好戏可就交给你了，可不许演砸了！”

韦若昭连连保证。

两人前脚刚刚离开，李秀一便怒气冲冲闯进了右金吾卫官衙。

“庾大人，你为什么不和我商量一下就抓了钱二毛？”李秀一冲着迎过来的庾瓒劈头盖脸地质问。

庾瓒有些莫名其妙，道：“你怎么知道我们抓了钱二毛？再说了，你也没说要和你商量啊！”

“钱二毛是我花了大钱抓住的线索，他正要去找那杀手呢，本来我跟得好好的，谁想来了一帮金吾卫的饭桶，不由分说就把他抓走了，我拦都来不及！”李秀一生气得直跺脚，“这下好，直通杀手的线索断了！”

庾瓒闻听此言也露出懊恼之色，叹道：“啊？是这样！你又不早说，我怎么知道？都是独孤仲平让我抓的。”

“又是他！”李秀一更加恼怒，“那钱二毛人呢？审了没有？有什么口供？”

庾瓒却叹了口气，摇头道：“审了没两句，他不肯说实话，独孤仲平就让把他放了。”

“什么？放了？”

“是啊。不过独孤仲平说了，他一定会自己回来，到时候想听什么实话都有，我也搞不懂是怎么回事。”

李秀一略一思索，脸上渐渐泛起一丝冷笑。看来这独孤仲平已经安排好套取钱二毛身上全部线索的计划，自己只要庾瓒给透个气，自然也可享用钱二毛的口供，倒也不必急在一时。不过，独孤仲平虽不见得知道自己刚才去龙首会花钱雇人杀自己的招数，但抢先抓住了钱二毛这条线，怕是也存了与自己较量的心了！这样也好，有对手的游戏才更刺激。

李秀一于是表现得很大度地拍了拍庾瓒肩膀，笑道：“他既然这么说了，你就在这等着吧，钱二毛会回来的。不过，庾大人，你可别忘了，最近得的这笔外财，是谁帮你淘换来的。”

庾瓒满面堆笑，道：“忘不了！忘不了！”

“那就好，要想继续做咱们的生意，你最好把钱二毛一会儿的口供……”李秀一目光炯炯地盯着庾瓒的眼睛。

庾瓒当即连连点头。“放心吧，这点脑子我还是有的！”

得了庾瓒的承诺，李秀一满意地步出右金吾卫衙门，正午的阳光暖洋洋的，晒在他身上，让他觉得少有的一身轻松。

十一

这天夜里，没有行人的街道冷冷清清的，树叶被风吹得影影绰绰。钱二毛从赌馆里走出来，步伐沉重，神情沮丧，一看便知道又输了钱。

想起白天被金吾卫又抓又放的情形，心有余悸的钱二毛本想晚上捞他一把去去晦气，谁知连本都赔上了，今天可是太倒霉了！他边走边想着，只觉得后背冒凉气，平日里走惯了的路，今日却不知怎么的，竟感觉越走越异样，越走越害怕。

钱二毛本能地加快了脚步，却冷不防一个黑影从侧面的巷口突然猛扑了过来。钱二毛甚至根本来不及躲闪，已被这黑影撞倒在地。

硕大的黑影吼叫着，撕咬着，冰冷而尖利的爪子甚至划开了钱二毛的衣襟。

暗夜中，他只看到一个巨大的狼头朝他的脖颈俯了下来，这不是……钱二毛顿时发出一阵撕心裂肺的尖叫，脸上的肌肉扭曲成一团，求生的本能促使他拼命一推，竟将那黑影推了个趔趄。

钱二毛便趁这空隙挣扎着爬起来，连滚带爬地拼命逃窜而去。

黑影并没有上前去追，只是四爪着地，发出一阵怪异的低吼，继而直起身子站了起来。黑影先是摘掉了套在头上的狼头，又解开套在四肢上的狼爪，一张硕大的狼皮行头就这样被卸了下来，而藏在里面的人，自然是韦若昭。

韦若昭擦了把头上的汗，想着钱二毛刚才屁滚尿流逃走的样子，忍不住一个人在空旷的街上哈哈大笑起来。这身自己缝的狼皮虽然粗糙得很，但黑夜中的钱二毛却完全没看出破绽，师父估计的全然不差。韦若昭忽然又意识到，这些算计与安排还是全赖师父，自己只不过出了些人工和力气罢了。什么时候，自己也能像师父那样谋定而后动呢？想到这儿，韦若昭刚刚捉弄了人的兴奋减了许多。

好不容易“逃出生天”的钱二毛一路尖叫，一路狂奔，其实也没跑出多远便与一队巡夜的金吾卫士狭路相逢。

“什么人？干什么的？”

领队的依然是韩襄，显然这场与钱二毛的相遇并不是偶然。

而钱二毛见了韩襄顿时如抓住救命稻草，抱住他的腿死活不肯松手，嘴里一个劲儿嚷嚷“狼来了”“有狼啊”。

韩襄自然已经受命装傻，左顾右盼道：“什么狼？哪里有狼？”

钱二毛急得不知该如何解释，只好使劲摇晃着韩襄，几乎声泪俱下地喊着：“救命啊！大人救我一命啊！”

韩襄见时候差不多了，便叫两个手下将钱二毛架起来，又一次连拖带拽地带回了金吾卫衙门。庾瓒也早就在衙门里等着钱二毛的到来。钱二毛看见庾瓒当时便跪倒在地，捣蒜似的磕头求告：“我说，我全说，大人您无论如何要救我一命啊！”

庾瓒得意扬扬地看着钱二毛：“那就要看你说的是不是实话了——”

“实话，实话，绝不敢有一句假的！”

“那好，本官问你，林掌柜到底是谁杀的？”庾瓒往自己的座位上一坐，摆足了官老爷架子。而独孤仲平这时也已经在屏风后坐好，之前他已经告诉庾瓒该问什么，此刻只需要静静聆听着钱二毛的供述即可。

“杀了林掌柜的是我大哥，哦，不，不，是龙十八！”钱二毛果然像竹筒倒豆子一般痛快地承认起来。

“林掌柜不是你们本帮兄弟吗，龙十八为什么要杀林掌柜？”

“他把帮里存在林掌柜那儿的钱都私自花了，怕交代不了。因为知道所有的账目和钱财都是林掌柜一个人秘密收着，所以就想杀他了了这笔账。”

“那他是怎么杀的人？”

“回大人，龙十八雇了个厉害的杀手，这杀手每次杀人都是用他养着的一只狼。想不到，这天杀的龙十八又雇了这狼来对付我。大人，您千万救我啊！刚才我险些就被那狼吃了，吓死我了！”

钱二毛语带哭腔、脸色煞白，显然已经被刚才的一幕吓破了胆。

庾瓒又问道：“那龙十八为什么又要杀你？”

钱二毛哭丧着脸：“定是他看我被你们捉了去，怕我把他那些见不得人的事都说了出来，要杀我灭口啊。”

庚瓒这时一拍桌案。“还有呢？把话说全了！”

钱二毛于是战战兢兢再次开口，道：“……林掌柜的事，我先前也知道，那天我是特意到铺子里，假装正好撞见林掌柜被杀，嚷嚷起来，好撇清了我们的嫌疑，让你们去怀疑天道盟的人。故意到衙门里来闹，也是这个意思。”

庚瓒想起独孤仲平刚跟他说的话，忍不住想显摆了一下，便道：“哼！这个我早知道了。”

钱二毛惊讶地看着庚瓒，嗫嚅着：“怎么会……”

庚瓒得意地说道：“你那些鬼伎俩怎么瞒得过本大人的眼睛，那天你身上鞋上没有一点血迹，可林掌柜的血都快流到屋子外面了，你要是意外发现，一定不小心踏进了屋子，才叫起来，怎么会没沾上血？只可能是你早知道林掌柜死了，因此小心翼翼地从边上进屋。自以为聪明，哼！其实早让本大人识破了！”

独孤仲平在屏风后听见庚瓒拿自己刚刚跟他说的怀疑钱二毛的因由来炫耀不免觉得有些好笑，这胖子平时也不容易，就让他过过瘾好了！

庚瓒炫耀够了便又朝钱二毛一瞪眼，道：“还有呢？”

钱二毛想了想，道：“哦，和杀手联络也都是我去的。”

“这杀手姓字名谁，住在何处？”

这就是关键了。坐在屏风后的独孤仲平这时也竖起了耳朵，却听见那钱二毛犹豫了半天，支吾道：“我和龙十八其实都不认识那杀手……”

庚瓒登时一拍桌子，怒道：“你当我是傻瓜吗？”

“小的不敢！大人您听我说，这杀手是最近才在江湖上现身的，行事十分诡秘，没有人见过他。每次雇他都是到化度寺许愿廊下，将想杀的人名姓用朱笔写了，挂在东首，第二天再去看，如果名牌不见了，就说明杀手接了这桩买卖，这时就需将买命钱用破布包了放到化度寺放生池边，杀手自会取走，七天之内，必见分晓。”

庾瓒想了想，凑近屏风，低声道：“你看这话确实吗？”

独孤仲平也在判断钱二毛所言真伪，便也低声道：“问他，命价是多少？如何保证能让杀手取走？杀手得了钱不办事怎么办？”

庾瓒忙不迭依样画葫芦。钱二毛回答道：“这杀手怪得很，命价是一两金子，而且他只要金子，给同样数目的制钱就不要。钱放到放生池边，我们也不知道他何时取走，不过从来没听说出差错。只要他收牌子，取钱，必取苦主的性命，而且绝不超出七天。”

“问他还知道什么。”独孤仲平轻声吩咐庾瓒。

“你还知道什么？一并从实讲来！”

“哦，今日来了个洛阳阔佬，找龙十八，见面就拍出一大笔钱，求他找个不在帮的杀手，帮自己杀个人。龙十八见那笔钱足抵三四两金子，就想吃个差价，于是就差小的又去那化度寺挂牌子，小的正在去的路上，就被你们拿了。”

庾瓒当即喝问：“那人要杀谁？”

“他说要杀的人叫李秀一，说是个替官府追逃的私探！”

庾瓒听到李秀一的名字有些诧异，但不动声色，命韩襄将钱二毛押下去归案。韦若昭这时正好回来复命，见了钱二毛不禁童心又起，故意问他道：“嘿，钱二毛，你还认识我吗？”

钱二毛一愣，仔细端详韦若昭，想不起来在哪儿见过，却又不敢直说，只能支吾道：“嗯……好像见过……啊，不认识。”

“真的不认识啦？你再好好想想。”

独孤仲平的声音这时候自堂上传来：“韦姑娘，大人有要事找你，莫要耽搁。”

韦若昭这才有些不舍地丢下一头雾水的钱二毛，蹦蹦跳跳地朝大堂里走去。大堂里独孤仲平正一脸严肃地盯着她，道：“莫要玩笑，天机不可泄露。”

“知道了，谨遵师父教诲！”韦若昭吐了吐舌头、做了个鬼脸，“怎么样？他都招了吧？”

庾瓒叹了口气，道：“招是招了，可和没说也没什么区别！”庾瓒只道这一来定能问明杀手和他那只狼的底细，马上就可抓住立功，没想到却是这样的情形，心下多少有些失望。

“还是不一样的。”独孤仲平倒显得很乐观，“至少我们知道，杀手下一个要对付的是李秀一了。”

李秀一刚来长安没多久，就有人要雇凶杀他？这可是韦若昭没想到的。她忙问道：“李秀一？怎么回事？”

独孤仲平不想解释，拉起韦若昭便往外走，边走边说：“我们先走了，庾大人，明天让钱二毛跟我们去化度寺走一趟。”

“那没问题，”庾瓒点点头，“哎，李秀一的事我总得知会他一声吧？不管怎么说，他也帮我出了不少力，总得让他有个提防不是？”

“那是自然，不过我猜李兄听了这消息，一定高兴得很呢！”独孤仲平头也不回地说。

十二

位于长安义宁坊内东南一隅的化度寺是一座占地面积甚广的古寺，自隋、唐两代近三百年的修缮、扩建，此处已经成了长安乃至整个唐王朝三阶宗的中心。寺内伽蓝林立，古木参天，香客与游人如织，从早到晚十分热闹。

这一天清晨，独孤仲平与韦若昭也扮作香客模样，带着钱二毛来到了化度寺。

独孤仲平特意穿了身簇新的袍子，韦若昭却没有打扮得过于出挑，只因独孤仲平提醒过她此行不得引人注目。两人各自手里拿着香烛，看起来便与周围那些虔诚的信众别无二致。只钱二毛跟在两人身后显得颇有些煞风景，他一路鬼鬼祟祟，心神不宁地东张西望，还一不小心踩到了韦若昭的脚。

韦若昭顿时叫了起来，不悦地道："你跟我这么紧干什么？都踩着我了！"

钱二毛忙不迭地赔不是，独孤仲平知道他是心里害怕，便凑过去，小声道："你别太紧张了，这样哪儿像个香客？要是那杀手就混在这些人里，你惊着了他，岂不坏了庾大人的事？”

“是，是，小的知道，小的不——不紧张！”钱二毛赶紧连连点头，可磕磕巴巴的语调还是将其心情暴露无遗。

独孤仲平想了想，又道：“你莫怕。实话告诉你吧，大人已派了许多衙门里做公的，穿了百姓的衣裳，混在这化度寺内外，保你没事。”

钱二毛听了这话才终于放松了些，面露喜色道：“那就好，那就好，这样小的就放心了。”

三人随着人潮来到许愿廊前，寺院刚刚开门不久，这里却已聚集了许多信众，人们纷纷从一旁桌子边坐着的和尚处请了许愿牌，在旁边的桌案上，拿公用的笔写了心愿，然后到许愿廊前挂在那一长排钩子上。

韦若昭看着已经密密麻麻几乎一眼望不到边的许愿牌，问钱二毛：“这么多人在这儿挂牌子，那杀手不会搞错了吗？”

“错不了！”钱二毛却一脸肯定，“这些人写的都是些什么求子、升官、科考的事，杀人只需写上苦主的名字，而且是用朱笔，并要挂到最东头。”

韦若昭不觉点头，喃喃自语道：“这倒是个好办法，所有人都在挂，就算有人拿走一块，也不会被注意到的。”

而独孤仲平一边走一边四下打量，并不多看许愿廊。他心里在飞快地分析着，杀手会不会就在这些人里头？不可能！总在这儿转悠，会让人起疑心，他最多每日来查看一遭，若有了牌子就取走，那么就是说，他也不认识雇主……

思忖之际就听见钱二毛小声说道：“到了，就是这儿，我们要不要……”钱二毛冲面前的许愿廊努了努嘴，原来三人已经来到这廊子的东首，也就是杀人牌子该挂出的地方。

独孤仲平拉了钱二毛一把，低声道：“不要停，一直走。”

三人于是一路往前，直到来到了位于下一重院落的放生池畔，方才停下脚步。化度寺的放生池远比其他寺院来得广阔，水池里开满了白色、黄色以及粉红的睡莲，有许多鱼儿在莲叶间自在游动，不时有善男信女过来，提着装满鱼或蛙的木桶，先颂一段经文，再将它们倾倒在水里。

独孤仲平见放生池周围没什么蹊跷，便带头在池子对面的台阶上坐下。独孤仲平问钱二毛道：“买命钱放在哪儿？”

钱二毛努努嘴，小声说：“就在池边矮树底下。”

韦若昭急忙望过去，但见池边种了一溜紫薇花树，忙问道：“哪棵矮树？”

“左边第二棵。”

独孤仲平又问：“钱，用埋起来吗？”

钱二毛摇头道：“不用，就拿破布包了，放在那儿就行。”

独孤仲平不禁在心里盘算起来，杀手从廊下取了牌子就会到这儿来等，一旦见有人去树下放东西，就赶快取了来。一两金子，这么值钱的包袱，又没埋起来，照理说他不会放心让那包袱在那儿撂很长时间的。可是，他并不能预先知道雇主何时来写苦主名姓的牌子、又何时会来放钱，除非他整天守在这儿，否则便很难及时将钱取走。但如果整天待在这儿不走，又会太惹眼，绝无可能。

想到此处，独孤仲平不禁四下看看，放生池前人来人往，却没见有谁形迹可疑，再看左右同样坐在台阶上歇脚的人，也都不过是些普通香客，而且随来随走，并无人长久驻足。

“师父，你有发现了？”韦若昭注意到独孤仲平皱起眉头，急忙问道。

独孤仲平却摇了摇头，站起来，道：“还没有。不过，我们必须得走了，时间长了容易暴露身份，无论如何不能惊动他。”

独孤仲平一行三人回到布政坊右金吾卫衙门，庾瓒得知他们此行未能发现什么有价值的线索，不禁唉声叹气起来。

韦若昭道：“不如我带几个人每天都盯在那儿，看见有人去放生池边取钱，就上去把他抓住？”

独孤仲平顿时摇头表示反对，道：“香客们随来随走，你在那儿待上一整天，肯定会惹人注意，更不用说还要带人。

“可这个麻烦那杀手也有啊，如果他自己或者他派的人，不时时盯住放生池，他怎么知道雇主去那儿放了钱？又怎么能及时取走？这么多钱，如果让别人拿走了，他岂不是白忙活一场？”

钱二毛这时怯生生插言道：“嗯……许是他藏在一个十分隐蔽的地方，他能看见别人，别人却看不见他……”

“放生池四面那么空旷，哪儿有什么可藏身的地方？”韦若昭不屑地撇撇嘴，突然间意识到什么，“等等，你是不是还有什么没老实招供的？快说！”

钱二毛被韦若昭的突然变化吓得一哆嗦，支吾道：“没，没，知道的我都说了，确实从来没人见过这杀手，可只要把钱往放生池边一放，苦主必然难逃一死，从没出过差错。”

独孤仲平这时微笑着逼近钱二毛，道:“从没出过差错？你帮着龙十八一共请这杀手做过几单啊？”

“要是不算他对付我，就林掌柜，加上这回没做成的那李秀一,一共就两单。”

“你说谎！”韦若昭指着钱二毛的鼻子，“你知道的一共就两单还有一单没成，怎么能说从没出过差错？”

钱二毛更加紧张了，慌张道:“江湖传言都这么说……不光我们在雇他，最近城里不是也死了几个……”

他一边说着一边贼眉鼠眼地来回打量两人，见独孤仲平似笑非笑地紧盯着自己，钱二毛急忙避开对方眼神，一只手已不自觉地伸向腰间，捂住了腰带上一枚金带钩。

钱二毛的小动作自然逃不过独孤仲平的眼睛，但见他不动声色地走到钱二毛旁边，说了声“有虫子爬到你头上了”。钱二毛一慌，急忙伸手到自己头上乱掸，而独孤仲平就趁这个空隙劈手伸向钱二毛腰间，轻轻巧巧地便将那带钩摘了下来。钱二毛待要再抢回来，却也来不及了，只得畏惧地低下头。

“好漂亮的挂钩啊！”独孤仲平啧啧赞叹着，“这纹样看着挺眼熟的，应该是曾大头曾师傅的手艺吧？”

韦若昭、庾瓒听到曾大头的名字顿时都好奇地凑过来看，独孤仲平这时将带钩反过来，果然在带钩内侧找到了“曾大头拙手”的戳记。

“还真是曾大头啊！”庾瓒很惊讶，“你一个贩水果的，怎么用得起这么贵重的东西？”

韦若昭这时一副恍然大悟的神情，叫起来:“我知道了，原来曾大头也是你们雇那杀手害的，是不是？”

“不，不，小人冤枉！小人什么都不知道啊！”

庾瓒见钱二毛还在抵赖，不禁恼火起来，恨恨道：“还敢嘴硬！来人啊，大刑——”

独孤仲平却伸手拦住庾瓒，笑道：“为这点小事多不值当，反正他也说不出什么有价值的线索了，大人只消把他送回龙首会馆——”

钱二毛当即腿一软，扑通一声跪倒在地，哭号着：“不要！不要！我全说，我全说，千万不要把我送回去，我大哥，啊不，龙十八那个畜生，会杀了我的！”

“那还废什么话？快说！”韦若昭叫道。

“那曾大头和我一个相好沾些亲戚，他和延福坊一个叫王朗的结了梁子，找到我，本想托我走龙十八的门路，做了王朗，我正好知道了这雇杀手的路子，就告诉了他。一来这样干净利索些，二来出了事也查不到我身上，反正他又不缺钱。”

独孤仲平道：“这带钩便是他酬谢你的消息费？”

钱二毛再次摇头道：“我本来也想找他要一两金子，可这曾大头虽然有钱，却十分抠门，得了我的路子却想赖账，这挂钩还是我找上门去百般讨要，他被逼得没法子，才拿了给我。可我万万没想到，这杀手怎么连他也杀了，这可真是天大的怪事啊！我怕说不清楚，那天在庾大人面前，就没敢提此事……”

韦若昭又逼近一步，道：“难道不是你要钱不成，恼羞成怒，又雇那杀手杀了曾大头？”

“这可冤枉死小人了！我就算有这个心，也没这一两金子啊！那杀手不见金子，又怎么会动手杀人呢！”

独孤仲平觉得这多半是实话，那么曾大头之死就只有一种可能了。他于是了然一笑，道：“原来如此！庾大人，看来我们也不用在这儿再逼问二毛兄弟了。让韦姑娘跑一趟曾大头家，找他媳妇借一两金子来，我想一切就都迎刃而解了！”

韦若昭听了这话却懵了，道：“等等，这是为什么，我怎么不明白？”

“你借了一两金子，先不用来找我，拿去给谷大厨看，我想你就会明白了。”

韦若昭还是一头雾水，曾大头那老婆看着就像铁公鸡，这趟差使可不好办，便道：“可平白无故找人家借这么多钱，他老婆要是不答应怎么办？”

庾瓒别的事糊涂，这种事却门清，他笑着拍了拍韦若昭肩膀，道：“你还是刚进金吾卫啊！叫韩襄和你一起去，他最会借东西了！”

十三

韩襄按照庾瓒的吩咐，带了韦若昭与几个金吾卫士来到金匠曾大头家。韩襄一脚踹开曾家大门，不等匆忙迎出来的曾大头媳妇开口，便恶狠狠一声令下：“给我搜！”

金吾卫士们当即撸胳膊挽袖子开始翻箱倒柜，曾大头媳妇被他们气势汹汹的样子吓坏了，赶紧赔笑着问韩襄：“哎呀，官爷，这是怎么回事的？”

“你是曾大头家的？”韩襄明知故问，还故意摆出一副极其轻蔑的语气。

曾大头媳妇忙不迭点头。“是，是，正是贱妾。”

“曾大头有勾结匪类、买卖贼赃的嫌疑，我们要查这笔赃款，你配合一下。”

韩襄说着朝韦若昭使了个眼色，韦若昭当即抖开一个早已备好的麻袋，将桌案上那些值钱的金器胡乱地往里装。

曾大头媳妇见状急得几乎要哭了出来，哀求道：“人都死了，你们不去抓凶手，怎么还要查他？”

韩襄义正词严地呵斥道："这是什么话？凶手要抓，死人犯过的罪也不能一笔勾销，贼赃更得追。我们得了信儿，这笔赃款都是一两一个的金锭，只不定被曾大头熔了，把这间屋里的所有金器都给我带走，一件不留！"

"那是赤金的，那是足金的，怎么可能是一批金子熔了的？"曾大头媳妇急得直跳脚，拉住韩襄一个劲儿解释，"官爷你们肯定是弄错了。"

韩襄却不肯通融，厉声道："弄没弄错得查了才知道！"

曾大头媳妇顿时泪如雨下，继而竟抽抽搭搭大哭起来。"大头一撒手，就撇下我们孤儿寡母走了。您再把这些东西都收了，我们可怎么活啊？"她说着自袖子摸出一个金锭塞到韩襄手中，"官爷，您就行行好……"

韩襄看看那金锭，又掂了掂，故作行家地点点头，道："这倒像是那笔赃款里的，看来曾大头还没都熔了，我先带回去查查看，弄清楚了再来找你。这个就算我先暂借的吧！"他说着又朝韦若昭使了个眼色，"韦姑娘，待会儿给她打个条子。"

曾大头媳妇急忙按住韩襄的手，媚笑道："哎呀！还什么条子不条子，官爷您就收着吧，什么还不都是您一句话。大头的事也没都对我说，现在他人都死了，什么赃不赃的，到底有多少，只要您高抬贵手，给我们孤儿寡母留条活路，您就算多借点，我也乐意不是？"

她说着还拉起韩襄的胳膊轻摇，肥胖的身体往韩襄身上乱蹭，还不忘抛上两个媚眼。韦若昭在旁边偷眼看着，忍不住撇嘴轻笑。

韩襄仿佛对这女人的攻势有些招架不住，脸色发红，声音也变得闷闷的："既然是这样，那我们就先回去啦！"

韩襄一努嘴，韦若昭将手里麻袋一抖，把那些个金器一股脑儿地倒在了地上。曾大头媳妇这才长出了一口气。

韩襄边朝外走边将那锭金子递给韦若昭，小声道："收好了，好好查查。"

一伙人呼啦啦地一拥而出，顷刻间走得一个也不剩。

韦若昭并没有跟韩襄等人一道返回金吾卫衙门，而是按照独孤仲平的吩咐一路小跑回到了荣枯酒店。她进了酒店直奔后院厨房，从厨房开着的窗户探头进去，"谷大厨""谷大厨"地喊起来。

很快，谷大厨一手举着菜刀，一手举着萝卜的身影出现在窗口。

"咦，韦姑娘，今天怎么想起来看我了？是不是嘴又馋了？正好刚煮了栗子羹，我给你端一碗去。"

"不急，不急！有样东西，师父说要请你帮着掌掌眼呢！"

"你师父有东西让我掌眼？"听说独孤仲平有东西给自己看，谷大厨顿时兴奋得两眼放光，虽说不干本行已久，但只要是有人来请教，谷大厨是打心眼里舒泰满足。他一把将手里的菜刀、萝卜丢在地上，"太好了，快进来。"

谷大厨跑到门口，打开了门，让进韦若昭，便迫不及待地问："东西呢？快让我看看！"

"就是一锭一两的金子。"韦若昭说着将金子递过去，"我也不太明白师父要让你看什么。”

谷大厨仔细看看这锭金子，掂了掂，突然朝地下摔去。

韦若昭顿时吃了一惊，叫道：“哎呀，你怎么把它摔了？”

“这金子里掺假了，说是一两，能有半两就不错了。”谷大厨又弯腰将金锭捡起来。

韦若昭更加不解，道：“你怎么知道的？”

“嘿嘿！要说我弄这个，可比我做饭的年头长，这小子是个老手，活儿做得地道，分量、大小、外观的成色都和真的差不多，一般人绝对着他的道。”

“那你怎么就能确定它掺了假？”

“声音，你听！”谷大厨说着又一松手，金锭落在地上，“声音发闷，真的足色金，声音比它脆，这是掺假的人再怎么做也蒙不过去的。我猜他是用赤铜掺些金，再掺些其他够分量的做成芯，外面包一层真金子，这样因为假芯和金子的份量差不多，又熔在了一起，掂起来，看外表都没有破绽，就算切开，看成色也是差不多，可是就怕摔，一摔就听出声音不对了，不过，不是行家不可能知道这个窍门！”

谷大厨说着有些摇头晃脑，显然很是得意。但见韦若昭还是一脸懵懂，谷大厨索性走到案板前。“这么跟你说吧，”他抄刀将一根白萝卜切开，再用刀将两半的萝卜各自从芯儿里挖去一大块，“这就好比是那金锭！”

谷大厨又拿起一只青皮萝卜，迅速地切掉四面，形成了一个青绿色的方块，他将这方块放到方才切开的白萝卜里，又将两半白萝卜合了起来。

“像这样再合上，都是萝卜，分量也差不多，可是呢，”谷大厨又将两半的萝卜打开，“绿萝卜只要两文便能买来一堆，白萝卜却是五文一个。”

韦若昭终于明白了，赞许地点点头，道：“原来是这样，这做起来怕是很麻烦吧？”

谷大厨一笑，道：“麻烦是麻烦，可一锭就赚了半两，人为发财连命都可以不要，谁还怕麻烦？长安金匠里，能做这活的可不多，东市的张巧手，西市的曾大头……”

“对呀，就是曾大头！哎呀谷大厨你真厉害，看来曾大头就是死在这上面了！”

谷大厨听了韦若昭的话却是脸色一变，惊讶道：“什么？曾大头死了？”

“是啊，他让人给杀了。现在看来，多半就是因为做这个掺假的金子骗人。”

谷大厨有些失神，缓缓地在灶台旁边坐了下来。韦若昭注意到他的神情变化，当即凑上来，既好奇又关切地问道：“谷大厨，你怎么啦？”

“也没什么。”谷大厨摇摇头，言语中颇有些感慨世事沧桑的意味，“想不到曾大头就这么死了，嗨！你说人活一世图什么？曾大头活着的时候不知道有多会抠钱呢，又有这手功夫，赚了还要赚，这下好，还不是落个竹篮打水一场空。”

“你怎么会认识他的？哦，听说你原来也是做金器生意的，是不是和他一起发过财啊？”韦若昭坏笑着盯着谷大厨。

谷大厨当即摇头，正色道：“小姑娘家瞎说什么？我就是个火头军，整天伺候你们吃罢了。”

“你不让问，肯定是见不得人的买卖！”韦若昭偏偏不依不饶，“那时候你还不是火头军，为什么大伙就叫你谷大厨？”

“这个嘛，金器行管一个人叫大厨，意思就是说什么东西到了他这儿，就好像这吃食进了厨房，脱了胎，换了骨，虽然萝卜还是这萝卜，鱼还是这条鱼，却叫人认不出了。”

“我明白了，敢情你也是熔金掺假的高手！”韦若昭嚷嚷着，心里想着这荣枯酒店真是个卧虎藏龙之地。谷大厨这名号原来也并不是因为他现在当了火头军，而是另有出处，多半他的真名也不是这个。哦对了，他本来就是个胡人嘛！

正这样想着，却见谷大厨朝韦若昭凶凶地瞪一眼，道：“瞎说瞎说！我只翻新，不掺假。你快走吧，莫要来讨嫌了。”

他说着还开玩笑似的举起手里的萝卜朝韦若昭虚晃一下，韦若昭赶紧跳起来，做了个鬼脸，笑嘻嘻地道：“我先去找我师父，一会儿再来喝你的栗子羹。”

荣枯酒店阁楼上，韦若昭将那锭掺了假的金锭啪一声放在独孤仲平面前的桌案上。

“金子借来了，谷大厨也验过了，果然掺了假。谷大厨说，起码偷了半两多。我猜，定是这曾大头又犯了抠门的老毛病，把这掺了假的金子去给那杀手，没想到这杀手是个识货的，恼羞成怒就把他给杀了！”

这一结果其实早在独孤仲平意料之中，听完韦若昭的推测只淡然一笑，又道：“不错，还有呢？”

韦若昭见独孤仲平意思似又在考她，不由得噘了噘嘴，道："又考我？嗯，这杀手收了假金子，不是就此罢手，而是报复杀人，说明他心胸狭窄，报复心很重，还认死理。"

"还有呢？"

"还有？这曾大头连买凶的钱都要掺假，也真是够糊涂的了，可这样一来，杀手并没有得到足足的一两金子，为什么王朗还是死了？难道还有别人？"韦若昭说得自己也犯了糊涂，又想了想，道："不会不会，两个人死得一样一样的，肯定是一个人干的。那就是不会有别人，杀手就算没得了钱也要杀人，为什么？"

"他已经摘了牌子！只要收牌子，人就必须死，这是他的名头，他就靠这个在江湖上接买卖呢。"

韦若昭顿时觉得有些不寒而栗，喃喃地道："好狠毒啊！真像是一头狼。"

"我们都不了解狼，不知道狼会怎么想。"独孤仲平这时叹了口气，"我只知道这是典型的人的心思，就算是这里面有头狼，不也是人养的吗？"他说着停顿片刻，"不过，你知道这里面最重要的线索是什么吗？"

"是什么？"韦若昭不由得瞪大眼睛。

"曾大头拿假金子骗杀手，可杀手怎么知道雇主是曾大头呢？这说明杀手知道雇主是谁，不但知道这一单，而且知道所有的。他一直暗中在放生池边盯着，既可以及时取走钱，又可以观察雇主是不是可信任。那么什么人可以天天在放生池边出没，合情合理，不会引起所有人的注意呢？"

韦若昭眼睛瞪得更大，惊诧地道："你是说……"

独孤仲平颇有些懊恼地点点头。“不错，先前连我也把他们忽略了！”

“是和尚，化度寺的和尚！”韦若昭大声喊了出来，原本皱紧的眉头也顿时舒展开，她一拍脑门，继续整理思路，“太对了，只有寺里的和尚，天天去许愿廊查牌子取牌子，去放生池周围溜达，伺机取钱，既方便又不会有人注意。师父，要不是你提醒，我这脑子怎么还是转不过来？”

独孤仲平面露微笑。“没关系，你已经学得很快了，我考你的意思，其实是不想让你学得太快。”

韦若昭不禁嗔怪地看了独孤仲平一眼。“师父你又说这种话，我恨不得一天就变得和你一样聪明！”

独孤仲平听了这话不禁暗暗苦笑，他已经越来越感到韦若昭在这行上真是很有天赋，不但周围其他人远远比不上，就是将来她超过自己，青出于蓝而胜于蓝，也不是不可能。可这样一来，他那害怕与罪恶相伴侵蚀了她的天真烂漫的心就无处安放。本想她玩玩就会觉得没意思，自己提出离去，但谁想到她越来越上瘾，自己也渐渐离不开她的帮助。每次见她有所悟又有所迷就忍不住教她，可教了之后又后悔，怨自己是在害人。这心里的矛盾总是纠结着，自己却全无主意，只好一次次地回避去想。看来不得不做个决断了。

韦若昭此时的注意力全然集中在案子上，完全没注意师父思绪的走神，她跃跃欲试地问道：“师父，我们现在怎么办？这么多和尚，怎么下手查？”

“不能明着来，如果惊动了他，只要他停止摘牌子，暂时不作案，我们就会断了线，得想个好办法。”

“让我想想，得把全寺的和尚都瞧一遍，还得不显山不露水……”韦若昭若有所思的样子。

望着她那专注的神情，独孤仲平突然觉得，不能再回避内心这个矛盾，该做个决断了。如果她这一次能完成查全寺和尚而不打草惊蛇的任务，那么，探案生涯就是她的命了！未来到底是好是坏，她都得自己承受，就像自己当年一样。他独孤仲平将不再犹豫，真正认下这个徒弟，从此倾心传授，不再有任何保留。

十四

翌日，义宁坊化度寺，一个白发驼背的老人拄着根拐杖颤颤巍巍出现在许愿廊下。

这老人走一步歇三步，时而停下来歇歇腿脚，连带着抬头看看挂在许愿廊下的牌子。寺院里时常会有这样的老年人闲逛，因此这个老人并没有引起任何人的注意。

行色匆匆的人流中，老人慢慢踱到许愿廊东首，虽然他装作一副浑不经意的模样，可那一双炯炯有神的眼睛却还是暴露了他的身份！

这个人其实还很年轻，眼睛里流露出的是年轻人特有的敏锐与戾气。这人不是别人，正是李秀一。他昨日已经将写有自己名姓的木牌挂在了许愿廊东首，今天来就是要看看那木牌是否已经被人取走了。

李秀一的目光在密密麻麻的木牌中逡巡，以朱砂写成的木牌照理说该十分醒目，但他仔仔细细来回看了好几遍，却没有找到昨日被他亲手挂上去的那块木牌。看来杀手已经行动起来了，李秀一不禁面露微笑，摸了摸揣在怀里的小布包，继而又伪装成一瘸一拐的老人，离开许愿廊，蹒跚而去。

李秀一不紧不慢地在寺院内走着，其实边走边警觉地注意着周围的动静。他慢悠悠转到放生池边，佯装欣赏盛开的紫薇花，踱步到左手边第二棵树跟前，四下观察了一圈，见无人注意自己，左手忙从怀里摸出一个布包捏在手心里，再一弯腰，装作掸鞋上尘土的模样，迅速将布包放在了树下。

李秀一以极快的速度完成这一系列动作，便又迅速变回那个步履蹒跚、老态龙钟的老人。他转身要走，却看见对面放生池畔一个打扮普通的女香客正朝这里张望。也许别人不会注意这女香客，李秀一却一眼认出，那是韦若昭。他可不想让韦若昭和她的师父发现自己也来了化度寺，于是赶紧装作没看见的样子调头走开。

但韦若昭其实已经认出了李秀一，见他刻意躲避自己，觉得有些奇怪，只不过她不希望惊着有可能出现的杀手，于是什么都没说，转身离开。

李秀一已经一闪身到了不远处一尊高大的铜香炉背后，他一藏住身当即朝韦若昭看去，发现韦若昭已经走远，方才松了口气。他担心韦若昭沉不住气戳穿自己，但看来这傻姑娘还确实进步了不少。李秀一想着，再将目光转回放生池畔从左数第二棵紫薇树，却发现树下空空荡荡的，方才放在那儿的布包已经不翼而飞！

这么快！李秀一第一反应是惊诧，从把布包放在树下到布包消失不见，这前后几乎就是一眨眼的工夫，想不到对方身手如此了得，李秀一看看四周，放生池畔一如既往人流如织，却没有一个看上去可疑的。说不定那杀手这时候也在暗中盯着，可不能让他看出破绽来，李秀一想到此处，当即冷冷一哂，果断离开。

傍晚时分，李秀一在自家窗前忙乎起来，他先将窗户打开，然后手持一个线轴，从窗户的一侧走到另一侧，随着线轴转动，一根细线横过窗口，拉到了另一侧的墙边，那里一个小架子已经钉在墙上，架子上固定着那架短弩，弦已经拉开，但未挂箭。

李秀一把手中的细线挂在了与弩的扳机相连的一个小轴上，试着一拉细线，小轴一动，牵动扳机，空弦弹出，铿然作响。李秀一脸上露出满意的微笑，再次将弦拉开，然后摸出一把细细的钢针，将它们一一轻插到一个小竹筒里，再将这个小竹筒轻轻放到弦前面。

夜越来越深。下弦月明亮的月光从打开的窗户照射进空旷的房间，微风吹来，孤零零的绳床在屋中央微微摇晃，李秀一怀抱腰刀躺了上去。他不时地用狼爪搔弄着自己的脸颊，身体却绷得紧紧的，两眼盯着窗外，浑身上下充满了警觉。

很多时候等待都是最难熬的。

随着时间流逝，李秀一紧盯着窗外的眼睛也渐渐有些发酸，他欠起头，使劲眨了眨眼睛。夜晚的风越来越大，窗子被风吹得猛然撞上窗框，发出啪的一声。李秀一被这一声惊得骤然警醒起来，而同样，这啪的一声也让李秀一再度回忆起多年前发生在继父家羊圈的那一幕——

啪的一声响，打断了正观看继父朱六挥舞猎叉与群狼恶战的少年李秀一的兴致。他猛一回头，原来是羊圈门口撤退中的头狼被一只兽夹子打中了腿。头狼呜呜地惨叫着，无论怎样挣扎都无法摆脱。那兽夹子通过一根铁链，紧紧地拴在了羊圈的柱子上。

朱六见了，脸上现出兴奋又凶恶的神情，他一挥猎叉，赶开那几只狼，朝被夹住的头狼冲了过来，嘴里高喊着："畜生！看你还往哪儿跑！"

而头狼冲着李秀一急急呼叫，眼光中似乎有哀求又有期待。李秀一一愣，抄起不远处地上的镰刀，也朝头狼扑去。

朱六的猎叉这时已经挥了起来。李秀一奋力一扑，抢先一步赶到，一咬牙挥舞起镰刀，砍断了头狼被夹住的那只爪子。

李秀一一声嚎叫，倒好像砍的是自己一般。

朱六万万想不到这一幕，看着李秀一的举动，一下子不知所措，愣在原地。

李秀一冲哀叫着舔着自己鲜血淋漓前肢的头狼大喊着："跑啊！快跑！"

头狼看了李秀一一眼，明白了他的意思，转身一瘸一拐地跑了，其他众狼也纷纷跃出羊圈，随头狼逃走。

朱六见状这才清醒过来，挥舞猎叉追上前，眼看就要叉中落在后面的头狼。李秀一却陡然从斜刺里扑出，紧紧抱住朱六的腰腿。朱六被拖慢了速度，没有叉中。头狼见了，竟再次回身。

李秀一这时竟发出一声凄厉的狼嚎，仿佛催促头狼快走。

继父被李秀一的举动彻底激怒了，双脚直蹦，手中的猎叉和火把，朝李秀一背上胡乱打去，李秀一咬紧牙关，死死抱住不撒手。

头狼嚎叫一声，终于转身离开。

朱六更加凶狠地连刺带打，气愤之极地疯狂喊叫着：“你个小狼崽子，居然真跟狼混在一起，我弄死你！”

火光中，李秀一被血污沾满了的脸上却满是得意而不屈的笑，那一双圆睁的眼睛里闪着幽幽的光，竟真的像是一匹孤傲的狼……

天色大亮，李秀一躺在自己的绳床里睡着了，腰刀还抱在怀中，那只狼爪落在胸前。李秀一身子一振，晃晃头，睁开了眼睛，他努力地眨几下沉重的眼皮，确认了自己身处的环境，继而猛地一个激灵，急忙欠起身去看窗户。

昨夜原本开着的窗户不知什么时候竟已经关上了。

李秀一脸色骤然一变，他一翻身，手持腰刀跳下绳床，匆匆扫视了一下这间空荡荡的屋子，却没有发现任何异常，昨天布下的细线、弓弩和钢针也都没有碰过的迹象。

李秀一小心翼翼地朝窗口挪动，又查看了一下窗口边的细线，然后侧过身，拉动细线。

只听砰的一声，那簇钢针被弓弦弹出，全都扎进了对面的墙里。

李秀一随后又来到窗前，先仔细查看一遍，见窗户没有任何异样，便伸手推了推，谁知窗户并没有推开，似乎外面有什么阻力。

这是怎么回事？满心狐疑的李秀一来到屋外，他沿着墙根走到自己的窗户边，抬头看去，窗户居然被一根小树枝从外面别住了。他心念一动，抬手取下这根小树枝，轻轻打开了窗户，朝里望望，里面竟正对着自己的绳床。

这么说昨天夜里杀手已经来过了！

李秀一赶紧低头检查窗台和墙根下的地面，没有发现任何痕迹。李秀一只觉得脊背发凉，震惊之下，一丝恐惧不觉升了上来。这杀手究竟是什么人？他显然识破了自己布下的机关，而且他来的时候自己竟毫无觉察，如果他趁机下手自己很可能要吃大亏，但他为什么又没动手？这种别人在暗处而自己却在明处的感觉是李秀一最不喜欢的，之前方驼子这个从未听说过的人竟探知了自己的住处并报知了独孤仲平就是如此。但这一回，他头一次感觉到这对手的可怕与强大。但与此同时，一定要与这对手一决高下的念头也在他心中愈加强烈起来。

十五

荣枯酒店一如既往的高朋满座，谈笑声、吆喝声、酒令声、乐曲声，以及从厨房方向传来的各种嘈杂交织在一起，吵闹而热烈。

韦若昭此时正独自一人坐在那棵荣枯树旁边的地板上，托着下巴，出神地盯着来来往往各色人等。师父要她想出一个既能将化度寺的和尚都查一遍又不能打草惊蛇的主意来，她已经在这里坐了两个多时辰，还是没有任何头绪。她不禁烦躁起来，心想着虽说和师父的关系越来越和谐，但师父毕竟没有明确收回犯三次错就逐出师门的话，尽管自打她为抓姚琏独闯虎穴以来，大家对她无比感激，她也相信师父不会再赶自己走了，但毕竟没有承诺。要是自己再这么蠢什么小事都解决不了，真是什么都有可能发生啊。

“韦姑娘，别坐在那儿发呆了，快来跟我们喝一杯吧？”翘翘好奇地走过来问道。

韦若昭却摇头，道：“你们喝吧，我还要帮师父想办法呢。”

“自打她跟了楼上的怪人，也变得越来越怪了。我们喝，不理她了！”几个胡姬笑着过来将翘翘拉走。

韦若昭仍盯着来来往往的人，时间既久，她其实对这些人的面目已视若无睹，无聊之中目光倒随意地转到这些人的脚上，从来也不曾在这个角度观察人，想不到每个人的鞋竟都是这样有趣，不但式样各一，美丑悬殊，就连新旧、磨损的位置、沾染的灰尘污渍也堪称信息丰富，绝对可以读出人的许多状态。韦若昭突然猛地拍一下大腿，腾一下站了起来，大喊一声“有了”，也顾不上周围人惊诧的目光，便提着裙子急急忙忙朝楼上奔去。

韦若昭直冲进独孤仲平的房间，两眼放光，竹筒倒豆子似的将自己的想法告诉独孤仲平。独孤仲平听完不禁面露微笑，点头道:“是个好方法！行啊，徒弟，再这样下去，你师父没饭吃了！”

韦若昭得到孤仲平的赞许，浑身舒坦，掩饰不住的得意，脱口便道:“那有什么？你没饭吃了，我养着你。”

独孤仲平被这句话的丰富含义弄得一时语塞，张口结舌不知说什么好，尴尬地挠了挠头。而韦若昭瞬间也意识到自己说走了嘴，急忙故作潇洒，圆场道:“看把你为难的，我不过随嘴说说罢了。我就算想养你，也得先了解你啊，可你什么都不告诉我呢。”

“好吧，”独孤仲平想了想，“我答应你，等破了这个案子，你想知道什么尽管问就是。”独孤仲平已打定主意，如果韦若昭这次能成功想出暗查化度寺寺众的办法并实施，就彻底接受这个徒弟，也就不再想对她隐瞒自己的过往。事实上，这些年来，他一直拒绝向任何人透露这些，现在看来，倒好像是等待着什么人能让他看得中来和自己分享这些秘密。

“真的？”韦若昭惊喜地叫起来，“你可不许反悔！”

独孤仲平这时站起来。“好了好了，先办正事，我看可以让韩襄和你一起去。”见韦若昭一脸抑制不住的兴奋，独孤仲平又补充了一句：“不管有没有发现，都不要打草惊蛇。”

“知道了，师父你就放心吧！”

金泰和的东家前来布施的消息很快传遍了整个化度寺，僧人们依照各自品级在正殿前排好队，依次上前领取施物——一双新僧鞋。

唐人崇佛，像化度寺这般香火鼎盛的大寺院隔三岔五便会接到来自信众的布施，只是这一回，前来布施的却是韦若昭与韩襄。

韦若昭打扮成富户家的女眷模样，韩襄也扮成了商家的伙计，两人在管事僧人的帮助下正忙着为排队的僧人分发鞋子。

随着管事僧按照花名册一个一个地唱名，僧人们排着队上前，依次从韦若昭手中接过僧鞋。这批僧鞋自然是韦若昭事先请庾瓒帮忙从金泰和弄来的，而韦若昭的主意就是搞个大布施，让全寺僧众一个不落都来领，从而不动声色地从旁观察，以期从这近百名僧人中找出可疑之人或线索。

大雄宝殿前的广场上很是热闹，领到新鞋的僧人们大多满脸欣喜，有的立刻换上，有的左看右看、爱不释手，还有的舍不得穿、小心翼翼揣进怀里。韦若昭扮作热心而和善的女施主，一直悄然地观察着僧人们的反应，很快，一个法号了空的年轻僧人进入了韦若昭的视线。

这了空是个年轻壮硕的小伙子，他来至韦若昭面前，脸上却是鄙夷、不屑加心不在焉。韦若昭蹲下去拿起一双新鞋，在了空的脚旁比了一下，见了空脚上这双鞋不但簇新，而且皮帮皮底，很是讲究，绝不是他一个穿下等服色的僧人所当穿的，于是便上了心。谁想了空并未像其他僧人那样表示感谢，反倒颇不耐烦地嘟囔了一句：“不用麻烦了，随便哪双都行！”韦若昭不禁好奇地抬头看了他一眼，了空已经满不在乎地随手捡了双鞋子，往腋下一夹，转身走了。望着他的背影，韦若昭迅速和身边的韩襄交换了一下眼神。

经过半天的折腾，这场布施终于告一段落。管事僧人将韦若昭、韩襄请到客房稍事休息。韦若昭品了口管事僧人端上的热茶，笑道：“了慧师父，你也坐吧，今天真是辛苦你啦！”

这管事僧人了慧已经上了些年纪，一看就是已在寺中多年。了慧朝韦若昭施了一礼，谦恭地道：“哪里哪里，两位施主才辛苦呢。让你们施鞋，还要麻烦你们分发，真是不好意思。”

“不过是几双鞋的事，了慧师父万勿客气，我也是替老东家还个心愿。其实我还想再给各位师父施一套僧衣，可又怕有的师父出家前原是高门大户，享受惯了的，看不上我们送来的粗陋衣装。”韦若昭笑着说。

了慧当即摇头道：“哪能呢，出家人四大皆空，就算在俗家时锦衣玉食，进了这个门，也都当是前尘往事，再无挂碍。不知哪位师父让施主有此印象？”

韦若昭和韩襄对视一眼，笑道：“倒也说不上，我只是刚才看有些师父虽然也穿着你们寺里的粗布僧衣，举手投足倒像是讲究惯了的。”

了慧一愣，道：“哦？谁像是讲究惯了的？”

韦若昭故作思索的样子，道：“好像有一个了空师父？”

“施主必是看走眼了。”了慧不禁笑了起来，“他出家前原是万年县山里的，最是穷困，进了化度寺，虽然粗茶淡饭，总也算是衣食无忧了。”

“原来是这样。”韦若昭也跟着笑了，“倒真是我看走眼了！”这了空居然出自贫苦人家，却穿得起如此上等的鞋，实在蹊跷啊！韦若昭强抑住兴奋的心情，和了慧道了别。

一回到酒店，韦若昭便迫不及待地将在化度寺的收获告诉独孤仲平。韦若昭道：“我看这个了空一定有问题，你知道吗，他脚上那双鞋是皮帮皮底的，足足值八九十文钱，可他的师兄说，他俗家是万年县山里的，连饭都吃不饱，来此出家，多半也是找个衣食无忧的出路罢了。那么，他一个穷和尚，进了长安城不到一年，居然穿得起八九十文一双的鞋，要不是捡了个大荷包，就只能是有说不清来路的外财！”

“有道理。除他之外，还有没有其他可疑的人了？”独孤仲平见韦若昭一个劲儿摇头，便道：“他进寺不到一年，品级肯定是下等，不可能住单人僧房，那么他就很难养一只能杀人的狼，而不被别人发觉。”

“就算还有同伙，他也一定有问题。”韦若昭十分自信，“我们可以先把他抓了，让韩襄他们使出手段，胖大人不是说，只要他们一伺候，没有不招供的人吗？”

独孤仲平一愣，道："你个斯斯文文的姑娘家，怎么也迷信那些打打杀杀的手段了？"

韦若昭顿时满不在乎地哼了一声，道："对付这等恶人还有什么客气的？连我都想抽他两鞭子呢！"

独孤仲平听了这话不禁一脸惊讶地望着韦若昭，刚要彻底收下这个徒弟，自己担心的事就有所应验。这姑娘跟凶犯恶徒交往多了，居然不经意间已冒出戾气。独孤仲平不禁在心底叹了口气。

韦若昭丝毫没有察觉到独孤仲平的异样，催促着："师父，快去把他抓了吧！谁知道他这两天是不是又有了买卖，万一再带着他那畜生出来害人怎么办？"

"不急，起码也得过了今天晚上再说。"独孤仲平急忙收回自己的思绪。

韦若昭很不解，道："为什么要过了今天晚上？"

独孤仲平却并未理会韦若昭的问题，起身踱到窗前，望了望窗外傍晚的天空。

"今天晚上也许会下雨……你这两天在化度寺里，有没有见过李秀一？"

"没有啊！"韦若昭急忙摇头，又故作镇定，"谁知道那讨厌鬼跑哪儿去了！怎么了？"

独孤仲平其实已然察觉出韦若昭那稍纵即逝的迟疑，知道韦若昭一定没说实话，但也没有揭穿，只淡然摇了摇头，道："没什么。"

静街鼓声响起的时候，李秀一正走在朱雀大街上。周围的行人听到鼓声都不觉加快了脚下步伐，唯独李秀一还是一副不疾不徐的模样。他显然从来就不曾将夜禁令放在眼里，夜晚对他的限制是不存在的，尤其当昨夜被那狡猾的杀手摆了一道之后，李秀一决定改变策略，他不要再坐等对手上门，反倒大摇大摆，四处晃悠。

有种的你就放马过来！李秀一睥睨地扫视着每一个从眼前经过的人，他知道杀手一定就藏在这些人之中，虽然杀手确实艺高人胆大，可他李秀一也不是吃素的！只要自己准备充分，那杀手敢出现，他管保叫他有去无回！

正想着，一个枯瘦的人影突然欹身上前。李秀一一惊，一只手已经搭上了腰间的刀柄。而一阵嘶哑低沉的声音随之响起，李秀一侧耳一听，却不由得一愣。

“兄弟，买个斗笠吧？”

“不要！不要！”李秀一第一反应是不耐烦，紧接着却骤然警觉起来。他这才注意到来人头上就顶着只硕大的斗笠，而那人的身形又十分瘦小，在斗笠的遮掩下几乎看不清面目。

“什么人？”李秀一紧接着便喝问一声，全身绷紧摆出迎战姿态。这就是那杀手吗？李秀一既紧张又兴奋，同时却忍不住疑惑为什么没见到那只狼的踪影。

“今天晚上恐怕有大雨，我看你用得着。”斗笠下传来一声轻笑，“这样吧，兄弟，我就剩这最后一顶了，干脆送给你了。”

那人说着以极快的速度将斗笠从头上摘下来递到李秀一手里，接着便迅速转身离开。

李秀一下意识地低头看看手里的斗笠，倒放的斗笠中，竟然还放着一块精铁打造的弧形护颈。李秀一拿起护颈看看，面色一变，再抬头，就看见不远处，方才那人正伫立在人群中朝自己微笑。这时他看清了，那人竟然是个驼子。

“方驼子？”

李秀一脱口而出，拔腿便追，而对方见李秀一追来，这才不紧不慢地挤进周遭匆忙赶路的人群，很快便消失不见了。

十六

傍晚的天空阴云密布，时而有闷雷自天边滚过，天气十分燠热。街上早就没有了行人，很快，豆大的雨点在东风裹挟下从天而降，顷刻间已形成倾盆之势。

西市延福坊一间出名的赌馆内，赌兴正浓的赌徒们却全然顾不上这恼人的天气，窄小的房间里人声鼎沸，赌徒们围着赌台个个兴奋吵嚷，眼睛发红，其中自然也少不了仵作许亮。

坐在许亮对面位置上的却是李秀一，脖子上围着一块布巾，遮住了那护颈铁片，他一边轻蔑的冷笑，一边把桌上一大堆铜板揽到了自己面前。

又输了钱的许亮很是懊恼，骂道："你这畜生，头一次来就不给老子面子，怎么把把都是你赢？"

"畜生可不是乱骂的，搞不好畜生就会让你吃苦头。"李秀一也不恼火，只冷冷一笑，"还是我的庄，押定放手了！"

众赌徒闻声纷纷把铜钱押到赌台上。

李秀一手一抄，已经将桌上的几枚骰子揽在了掌心。他一边轻轻摇着手，一边挑衅似的看看许亮又看看众赌徒，继而手一抖，骰子落在赌台上，滴溜溜打着转。

众人都瞪大眼睛盯着那旋转的骰子，李秀一这时悄悄将刚才掷骰子的手收了回来，谁也没留意的指缝间还夹着另一枚骰子。

随着嗒一声轻响，旋转着的骰子终于停下来，众人急忙探头去看，但很快便又一片唉声叹气。

“怎么又是他赢？妈的真是没天理啊！”许亮嘟囔着。

李秀一不禁得意一笑，道：“大小通吃，天门不赔，其他的都拿来。”

他说着欠身又一次大包大揽地把众人面前的铜钱都朝自己面前揽，同时飞快地瞟一眼许亮，见许亮正一脸狐疑地盯着自己，便故意将手一松，之前被他夹在指缝间的那枚骰子于是掉落下来。

许亮见状顿时大喊道：“你小子果然出千！”

李秀一心中得意，嘴上却装出惊惶的语调，摇头道：“你胡说！”

“我胡说？你们都看看，这是什么？”许亮捡起落在地上的那枚骰子，“这是从他手里掉出来的！”

“又一个骰子？”

“好哇，这回抓个正着！”

“打他！”

众赌徒这时也都明白过来，当即怒骂着扑向李秀一，拳脚劈头盖脸地朝他身上招呼下来。

很快，李秀一被众人推搡着从赌馆里扔出来，冰凉的雨水倾泻到李秀一身上。赌馆伙计在他身后大声嚷嚷着：“记住了，这个叫李秀一的以后不许他上门！”

李秀一坐在雨地里，故意高声喊：“混蛋！我是李秀一，老子在洛阳耍的时候，你们还没出娘胎呢！”

伙计又将李秀一的斗笠扔到他身上，他抓着斗笠站起来，故作不服地大喊道：“你们等着，我李秀一还会再来的！”

一阵轰隆隆的惊雷这时自天边滚过，瞬间将他的喊声湮没了。他看看四周，大雨、窄巷，路旁一棵又一棵的大树，一切都刚刚好。李秀一微微一笑，将斗笠戴在了头上。

大雨丝毫没有停歇的意思，李秀一缓步向前，目光警觉地扫向四周。再往前面走不远就是王朗遇袭处的大树了，李秀一偏朝那树下走去，脚步越来越慢，他等待着，甚至是期待着发生什么，然而，直到他已经从那树下走过，却始终什么都没有发生。

怎么会这样？难道杀手不知道这是多好的下手机会吗？李秀一不禁疑惑起来，他忍不住停下脚步，转身抬头，朝那大树方向望去。繁茂的树冠在夜雨的掩映下黑洞洞的，什么都看不见，只有倾盆大雨迎面而下。他又飞快将挂牌到现下所有的细节想了一遍，自己在化度寺出现时的乔装绝无问题，杀手就算在寺里也不应该认出雇主就是自己，那么虽然家里的机关被识破，自雇人杀自己的计谋应该没露馅，杀手应该不会罢手。

李秀一暗嘱自己沉住气。回头缓慢地继续向前，他眨了眨被雨水蒙住的眼睛，眼中的小巷已然变得迷蒙一片，而这片迷蒙渐渐由白变成红色，那是血一般的红色——

少年的脸上满是血痕、伤痕，他努力眨了眨被血污和肿胀糊住的眼睛，眼前的世界渐渐清晰起来，这里是继父朱六家的草棚，到处堆满了喂羊的干草，而他此时正被捆住双手，悬吊在房梁上。

空气中弥漫着血腥、羊膻与干草混杂在一起的味道，他忍不住抽了抽鼻子，这才感觉到周身上下的伤口火辣辣的疼。

不知它们怎么样了，这时候应该早就跑远了吧？他醒过来的第一个念头竟是牵挂起那群狼的安危，想起朱六当时那惊恐、愤怒而扭曲的脸，李秀一只觉得十分痛快。要是能咬断他的脖子该多好，他这样想着，耳边忽然传来镰刀砍在石头上的声音，他强忍疼痛，微微侧头，就看见母亲正挥舞着镰刀，艰难地去砍那绑在石头上的绳子。

不甚清晰的视线中，母亲身上、手上也伤口遍布，他知道那是她为了保护他而留下的。李秀一嘴动了一下，却几乎张不开，干裂和血污把他的嘴也差不多糊住了。

噗的一声，绳子被砍断了，李秀一的身体失去支撑，一下子落在了满是干草的地上。突如其来的疼痛让他忍不住发出一声沉闷的呻吟，母亲赶紧扑上来抱住他。

“秀娃，秀娃……”母亲急切的呼唤声中夹杂被压抑下去的哭泣。

李秀一艰难地睁开眼睛，说：“娘，我渴了……”

母亲急忙伸手到旁边，端过一碗水，托着他的头，喂他喝了几口。李秀一抿了抿嘴唇，有了些精神。

“秀娃，你这是何苦呢！”母亲看着少年满身满脸的伤痕，不禁啜泣起来。

李秀一只咬牙切齿地挤出一句话，道：“我要杀了那畜生！”

“我们孤儿寡母的又能有什么办法？”母亲听了更加伤心，“你还小，斗不过他的。”

“我非杀了他不可！”

“孩子，你听娘一句话，再忍忍，等你再大点就离开这儿。”

“那我也杀了他再走！”少年李秀一依然坚持。

母亲见李秀一如此倔强，咬咬牙，抬手给了他一个耳光。“傻瓜！”母亲的口吻变得异常坚决，“我已经求过他了，只要你给他跪下磕个头，认个错，再叫他一声爹，他就饶了你这一次。”

李秀一几乎不能相信自己的耳朵，全身的肌肉一下都绷紧了，他挣扎着坐起来，狠狠地咬咬牙，道：“我不去！”

又是一记耳光抽在李秀一脸上。

“你必须去！”

“他不是我爹——”

母亲狠狠心，第三次抽了李秀一的耳光。“你怎么不听娘的话了？”

少年眼里噙着泪水，嘴上依然倔强，摇头道：“我不给畜生认错！”

母亲听了李秀一的话突然幽幽叹了口气，回手拿起那把镰刀，竟一下子架在自己的脖子上。李秀一顿时惊讶地瞪大了眼睛。

“孩子，算娘求你了，你要不想让娘现在死在你面前，就去给他认个错，把这口气先忍下来。”

“可是我……我忍不了！”

“忍不了也得忍，”母亲大喊起来，“否则，我现在就死给你看！”

母亲说着无比坚决地将脖子对准刀口俯下去，李秀一大惊，急忙扑上去按住母亲的手。他的声音颤抖着：“娘……”

母亲却毫不退让地看着他，许久，少年终于不情愿地点了点头，继而号啕大哭起来。

少年李秀一在母亲的搀扶下踉跄着走进正屋，继父正背对着母子俩坐在桌旁，带着一副得意扬扬的神情自斟自饮。母亲扶着李秀一来到继父面前，李秀一却还侧着头不愿看他。

“他爹，孩子知道错了，他来给你赔罪，你就饶了他这一次吧！”母亲低声道。

继父喝下一杯，瞟了两人一眼，冲母亲一撇嘴，道：“你一边去，让这狼崽子自己说。”

母亲只得放开李秀一，轻轻推了他一把，轻声道：“去吧。”李秀一仍然倔强地侧着头，母亲不禁眼含泪水，幽怨地注视着他。李秀一看着母亲的样子实在是心中难受，又犹豫片刻，腿一弯，已在继父面前跪下。

“我错了……”

李秀一的声音低沉而含糊。继父只轻蔑地看了他一眼，冷冷地道：“我听不见。”

母亲见状急忙在旁边提醒：“快叫爹啊！”

少年心里更加委屈，抽泣地低声道：“爹，我错了……”

继父脸上却挂着狰狞的笑容，道：“不磕头叫什么认错？”

李秀一忍不住哭出声来。母亲使劲朝他使眼色。他更加失控地大哭，缓缓一个头磕在地上。“爹，我错了……”

继父猛地站起来，上前一脚踏住李秀一的头。“大点声，我还听不见！”

李秀一又惊又怒，他强忍着心中的委屈，带着哭腔大声道：“爹！我错了！”

继父却还不满意，脚上一用力，将李秀一的头踩得贴在了地上。

李秀一已经忍不住哭喊起来，他一遍遍重复着那句自己打死也不肯相信的话，仿佛是在宣泄自己无处发泄的怒火：“爹！我错了！我错了！我错了……”

继父终于轻蔑地笑了，脚上更用些力，弯下腰来。李秀一的脸被踩得紧紧贴在了地上，冰冷的泥土呛得他说不出话，他也看不到继父的脸，只能看到一个巨大的阴影，罩在了自己眼前的地上。

“这还差不多。我倒要看看，你这属狼的野种，到底养得熟养不熟！”

猛然间，一声惊雷将李秀一的思绪拉回到眼前这场瓢泼般的大雨。李秀一抹了一把脸，又使劲眨了眨眼睛。雨幕中，他的脸上除了雨水，似乎还有泪水。他的身影固执而坚定地缓缓向前，很快又投进了另一个更大的黑影中。

电闪雷鸣不断，闪电在照亮夜空之时也投下片片阴影。李秀一一看见出现在脚下的巨大黑影便骤然停住脚步，猛地抬头却发现这影子不过是小巷两侧房屋屋顶的投射，这里并没有大树，于是便又抹了把脸，继续向前。

而地下巨大的黑影，突然有一块活动起来。

李秀一骤然瞪大了眼睛，啊的一声，但还没彻底喊出来，就已被扑倒在地。一个巨大的狼的身影和李秀一在雨水中激烈地撕缠着，李秀一重重的喘息声也和狼的低吼混在了一起。

他几次欲施展身手，拔出腰刀，却都被狼挥爪阻住，这却和李秀一记忆中的狼有着天壤之别，它的动作分明就像是武功高强的人。

难道它其实是个人？李秀一骇异地瞪大了眼睛，他拼命挣扎，动作却越来越像狼，接着不自觉地发出了狼的吼声。

对面狼头上一双绿幽幽的眼睛里骤然闪过一丝惊讶。李秀一便趁着它迟疑的一瞬挣脱出来、伸手去拔腰间佩刀。然而，对方只一瞬便已经回过神来，两个巨爪使出人才能使出的招式，后发先至，牢牢地按住了李秀一双手。

巨大的狼头朝着李秀一的脖子俯了下去。

李秀一的脸上闪现恐惧和绝望，他闭上了眼睛，最后的念头就在这时划过脑海："真可惜，原来它并不是一头狼。"

十七

闭上了眼睛，漫天的凄风冷雨，巨狼或人，利爪尖牙，仿佛都被隔绝在了世界之外。在这生死攸关的刹那，不知怎的，李秀一竟又一次回想起另一个生死攸关的时刻——

还是那间并不算宽敞的农舍，那一天，他像往常一样天不亮就起床，先扫院子、劈柴，再打扫羊圈，很快继父朱六喊他沏茶的声音就从正房传来。

灶间里早就烧好了一大锅滚水，李秀一轻车熟路地煮好了两碗粗茶，接着，他见四下无人，便小心翼翼地从怀里掏出个小纸包，纸包里是些细细的白色粉末。

真的要这样做吗？李秀一的心怦怦乱跳，他望着面前两碗冒着热气的茶水犹豫着。真的做了可就没办法回头了，他的身体有些轻微的颤抖，抓着纸包的手抖得越来越厉害。

“狼崽子，你他妈把茶叶吃了是怎么着？还不送过来？”

朱六凶狠的叫声就在这时自堂屋响起，李秀一手一抖，牙一咬，将药粉都倒进其中一碗茶里，又抄起茶刷子，迅速地搅拌一下，白色粉末混杂在粗茶表面泛起的泡沫中很快便看不见了。李秀一这才将两只茶碗放入托盘，端起来朝正房走去。

朱六这时正懒洋洋地伸着胳膊，母亲在一旁恭敬地替他穿衣服。朱六见李秀一走进来，顿时怒吼道："你他妈身上又痒痒了是吧？倒杯茶，这么半天！"

李秀一拼命想控制住自己紧张的情绪，心里默念着别紧张，别紧张，却无法管住自己微微发抖的身体，嘴里小声解释道："水……水刚开……"

朱六有些不解地瞥了少年一眼，继而露出得意的冷笑。"你小子哆嗦个什么劲儿？哦，终于知道怕了！"见李秀一脸色苍白愣在原地，便又哼了一声，"你愣着干什么？先放桌上！"

李秀一看看朱六，又看看母亲，来到桌边，终于如释重负地将托盘放在了桌上。他把那杯倒了药的茶放得靠近继父，又把另一杯茶放得远些。朱六这时候背过身去，少年却发现母亲的目光越过朱六的肩膀，正直直地盯着自己。

母亲那既哀怨又温柔的目光让李秀一只觉得无法承受，急忙指了指没放药的那杯，说了声"娘你也喝茶"，便拿起托盘逃似的跑了出去。

离开房间的李秀一并没有跑远，而是躲在半开着的窗外，侧着身朝里张望。母亲已替朱六将衣服穿好。朱六自己低着头系着腰带，仍未转身，母亲走到桌前，手伸向茶碗。

窗外的李秀一顿时屏住呼吸。而母亲仿佛察觉到了什么，瞥了眼窗外，动作迅速地将两只茶碗调换了一下位置，接着便端起那碗放了药的凑近嘴边。

窗外的李秀一惊讶地瞪大了眼睛，张口便要喊。

母亲望着窗外，目光里充满前所未有的温柔，她轻轻摇了摇头，突然一扬脖子，不等李秀一反应过来便已将那杯茶一饮而尽。

娘……李秀一努力地想喊出声来，喉咙却仿佛被什么堵住了，只发出轻轻的呻吟声，他的身子剧烈颤抖几下，才再次被自己控制住，稍一迟疑，然后便猛然朝屋子里冲去。

李秀一飞也似的冲进屋内，朱六看着他极度骇异的表情，不由得一脸惊诧，不悦地道：“你……你想干什么？”

“娘！”李秀一这时终于喊了出来，可随着咣当一声，母亲手中的茶碗猝然而落，接着她便捂着腹部栽倒在地，李秀一扑上来搂住她。

“娘，你怎么了？”少年疯狂地喊着。

朱六一愣，回身看看倒在地上的妻子，神色更加惊讶，道：“这……这怎么回事？”

母亲这时候几乎已经说不出话来，却还强忍着痛苦，朝旁边的墙上努了努嘴。李秀一哭泣着侧头看过去，见墙上挂着朱六的褡裢，瞬间明白了母亲的意图，却忍不住拼命摇晃母亲的身体，哭喊道：“娘……你为什么……”

母亲深深地看了李秀一一眼，断断续续地说了声：“孩子，给娘报仇……”

母亲说完就咽了气。李秀一扑在她身上，放声大哭。朱六也被眼前这突然的一幕骇住了，往后退出两步，惊慌失措地嚷嚷着：“她怎么了？这到底怎么回事？”

李秀一猛抬起头，哭红的眼睛恶狠狠地瞪着继父，继父被这眼神逼得又后退一步。李秀一道：“你为什么毒死我娘？”

继父一呆，口中推脱：“这可不关我的事——”

话音未落，李秀一已经像狼一般猛扑过去，抱住继父的腰腿，疯狂地大喊着：“来人呐！我后爹杀人啦！”

“混蛋！畜生！你害我，不关我的事！”

继父的拳头雨点般落在李秀一身上，李秀一却死死地抱住他，说什么也不肯松手。

继父声嘶力竭地大喊着：“我打死你——”

少年李秀一一张口，竟狠狠地朝继父的大腿咬了下去。

眼前，巨大的狼头已然压在李秀一脖子上，它张开血盆大口，露出尖利的狼牙，朝李秀一的脖子狠狠地咬去。完了！李秀一只觉得有只重锤捶向自己的心间。猛然间，硬物相撞，就听当的一声传出，这声音仿佛能穿透雨雾，射向天空。

紧接着，只听得啊的一声，巨狼惨叫起来，这分明是人的声音！但见那巨狼猛地往后一缩，抬起一只前爪竟然捂住了嘴。

李秀一趁机挣脱开来，抬起腿狠狠地踢了巨狼一脚。巨狼迅速地转过身体，四脚着地，飞跑而去，只一转眼的工夫，便消失在浓浓的雨幕中。

李秀一喘着粗气，轻轻扭动了一下身子。没有起身，没有拔刀，更没有追赶。他一仰面躺倒在雨地里，任凭雨水肆虐在自己的脸上、身上。许久，他才慢慢伸出手摸了摸自己的脖子，又扯开布带，将那铁片摘了下来。

倒是这块破铁片救了自己一命啊！李秀一从地上翻身爬起来，顺手抹了一把脸上的雨水，睁开双眼，朝旁边狠命啐出一口唾沫，仿佛是吐出心中的恶气。

韦若昭和独孤仲平讨论案情到很晚才返回自己的房间，躺下不久迷迷糊糊之际，耳畔突然传来哐啷一声巨响。她吓了一跳，赶紧坐起来看看，却原来是窗户没有关紧，被肆虐的风雨吹开了。这雨是什么时候下起来的？韦若昭一边想着一边起身来到窗前，正要伸手关窗，一个黑影突然从外面蹿了进来，一把按住了韦若昭的手。

韦若昭吓得一哆嗦，脱口而出："谁——"

话音未落，一只冰凉的手已经按在韦若昭嘴上。

"别嚷嚷！"风雨带来的湿气、寒气随即扑面而来，那沙哑中带着焦躁的嗓音却是韦若昭熟悉的。

"李秀一？"韦若昭有点气不打一处来，"你干什么？"

"别嚷嚷，听不懂吗？"李秀一压低嗓音呵斥道。

韦若昭这才看见李秀一浑身上下已经湿透了，本就不讲究的衣衫几乎成了褴褛，露出累累伤痕，血水、雨水混在一起滴滴答答往下淌。而最骇人的还是他的眼睛，那双眼睛里血丝密布，正闪烁着难以掩饰的疯狂。

"你来干吗？"韦若昭这回也压低了声音，又忍不住关切地问了一句，"这是怎么了？"

李秀一不由得重重哼了一声，道："老子差点让狼吃了。"

"啊？这么说你碰上了那个……"

韦若昭说着不自觉地提高了嗓门，李秀一急忙用手指在嘴前摆了摆，示意她小声。李秀一将那块铁片扔在桌上，道："多亏了你师父，替我谢谢他吧！"

韦若昭却一愣，拿起看了看，疑惑道："这是我师父送给你的？我怎么不知道？师父只说你今晚走运的话会碰上……"

李秀一已经露出不耐烦的神情："没工夫说那个了，你现在必须告诉我，你们在化度寺查到的嫌犯到底是谁？"

"什么嫌犯？"

韦若昭还想装傻，李秀一突然一把抓住她的双手，粗暴将她整个身体顶到了墙上，充满血丝的眼睛死死盯住她。韦若昭被李秀一的举动吓蒙了，张大了嘴，傻傻地看着紧贴在自己身上的男人。

"我现在没工夫和你嚼舌头！快告诉我，你们这两天盯上的那和尚的名字，我要把这条人狼撕成碎片，把他脖子咬开，把他的血喝光，我要让他知道谁是头狼！"

韦若昭先是一愣，瞬间便明白了他此行的目的，好啊，敢情又是来骗线索的。韦若昭打定主意不告诉他，便继续打马虎眼，道："人狼？你在说什么？什么意思？"

李秀一手上又加了一成力，韦若昭顿时觉得喘不上气。就听李秀一咬牙切齿道："等我咬死他你就明白了。那和尚的名字，快点！不然你再也别想从我这儿知道关于柳婉儿的任何事，而且 "李秀 恶狠狠的，"我会把你之前背着你师父和我做的生意一点不落地告诉他！"

韦若昭看着李秀一那凶神恶煞的模样终于还是怯了，她可不想让独孤仲平知道这些，于是轻声道：“了空……”

李秀一这才缓缓松开了手，得意扬扬地道：“这就对了！我会回报你的。”

他说着转身朝窗口走去，韦若昭唯恐他贸然行事坏了独孤仲平的计划，忙道：“我们只是怀疑他，还没有证据。”

李秀一却头也不回。“我咬死他之前会让他交出证据的。”

“喂，你别乱来啊，他一定有同伙，你别惊了他。”

李秀一这时已经翻身来到窗外，却不禁冷笑一声：“他的同伙不过是一张狼皮而已。”

他说完便消失在一片风雨之中。

十八

荣枯酒店阁楼内，独孤仲平坐在桌案前，把自己的思绪再梳理了一遍，看看是否有疏漏，然后用一支毛笔蘸着朱砂，在一块许愿牌上，端端正正地书写下“庾瓒”的字样。端详着刚写的名字，独孤仲平忍不住微微发笑，要是把这个牌子挂出去，向来怕死的庾大人岂不是该怕得不敢出门了？

正想着，门外这时传来敲门声。他随口应了声“进来”，话音未落，韦若昭已经急匆匆走进来。

独孤仲平晃了晃手中的木牌，笑道：“你来了，快来看看，我写得怎么样？”

韦若昭颇有些欲言又止的样子，随手接过独孤仲平举起的许愿牌看看，顿时惊叫起来：“是你写的？你怎么……”

“李兄还没来报功，看来他不走运啊。”独孤仲平笑了笑，“我们得去化度寺再走一趟了，猜猜看，了空会不会把这块牌子摘走，如果摘走了又去交给谁？”

“那胖大人不是要……”

“胖大人查案太不努力了，我们应该给他增加点压力，你不想看看他知道这块牌子被取走的样子吗？也许他能为此掉上几斤肉呢！”独孤仲平说完忍不住坏笑起来。

韦若昭这时却没啥心情捉弄人，又犹豫了一刻，终于吞吞吐吐地将昨天深夜李秀一出现的事告诉了独孤仲平。独孤仲平听了韦若昭的话却丝毫不显得惊讶，只一声长叹，道：“谁会为了挣赏金拿性命这么搏呢？看来，李兄也没他自己说的那么爱钱啊。”

韦若昭很不解，道：“那他是为了什么？”

“这你只能去问他了。”独孤仲平看出韦若昭颇有些心事重重，却不点破，“不过，那就不能和庾大人开这个玩笑了。可惜！可惜！”

韦若昭敷衍地笑了笑，道：“嗯——我觉得不管怎么说，我们还是得到化度寺去一趟。”

“那是自然。”独孤仲平仿佛早就等着韦若昭这句话，“走吧。”

几乎就在同时，李秀一手持明晃晃的钢刀，一脚踹开化度寺僧房的大门，凶神恶煞般闯了进来。屋内原本有几个僧人正忙着叠被、洒扫，见状不禁吓得丢下手里的活计，缩成一团。

“哪张是了空的床？”

李秀一怒气冲冲地问。几个僧人哆嗦着互相看看，没人敢答话。

李秀一抖抖手中的刀。“快点说啊！误了老子的事，连你们一块砍。”

一个僧人当即颤抖着指了指墙角的空榻，李秀一冲过去，一把掀起榻上的被子枕头，见没什么东西，便将旁边一简陋的小柜也用力拽开，而那小柜里也不过是几件简朴的僧衣，以及那双韦若昭乔装施舍的僧鞋。

李秀一略一思索又将目光扫回床上，他用手在床上四角和中间几个位置一阵敲打，果然发现了一个声音中空的地方。李秀一一把掀开床席，床上露出一块块木板，在中空的位置，他用刀一剜一挑，掀起了一块木板，里面出现了一个中空的床洞。

李秀一露出满意的笑容，他先用刀在洞中试探了一圈，然后俯下身，一只手拉出一角毛皮状东西。东西挺大，他于是双手一起下去，用力一拎，拎出一张巨大的动物皮子。他手一翻，将这皮子在床上展开，这回看清了，一张硕大的狼皮！狼皮上连有狼头和四只狼爪，却不是一整张，而是用四张狼皮拼接缝制而成，只不过接缝处十分精细，不注意看不出来。皮子的大小可以钻进一个人，头顶狼头，四肢套进狼爪内，再在腹部用小扣扣住。

李秀一看罢狼皮，抄起刀，问缩在墙角的僧人，道："了空这畜生呢？"

僧人们早已被李秀一吓个半死，见到从床洞内掏出的狼皮更是惊恐万分，被他一问，竟然张开嘴发不出声。只有一个僧人吭哧半天，才结结巴巴地说道："在……在……院子里……扫……扫地……"

李秀一二话不说，提刀径自冲了出去。

化度寺许愿廊下仿佛永远都是一派人声鼎沸的模样。独孤仲平和女扮男装的韦若昭相向而立，了空这时已经出现在独孤仲平的监视范围内。只见了空边扫地边往许愿廊的东边靠近，已经接近了许愿廊的东首。

韦若昭背对着了空的方向，只得低声问对面的独孤仲平：“师父，怎么办，动不动手？”

“沉住气，韩襄他们很快就到。”

韦若昭突然瞪大了眼睛，低声叫道：“师父，糟了，你看！”

独孤仲平顺着韦若昭的目光转头，只见怒目横眉的李秀一提着刀，飞奔过来，他揪住一个和尚就问：“谁是了空？”

那和尚哆嗦着朝许愿廊前正扫地的了空指了指。了空听见有人喊自己的法号，一抬头发现了朝这边奔来的李秀一，他瞬间意识到什么，扔下手中的扫帚掉头就跑。

李秀一见状却是一声大喊道：“了空，你跑不了！”他说着挥舞着手里的腰刀，直接追了上去。

韦若昭着急地问道：“我们怎么办？”

独孤仲平略一沉思已经做出了判断，果决ｆ 道：“暴露了，只能追了！”

两人于是朝着了空与李秀一跑的方向追去。了空在前面猛跑，李秀一在后面挥刀紧追，众香客和其他和尚吓得纷纷闪开。独孤仲平跑得气喘吁吁，勉强在后面跟着。

了空推开化度寺角门冲了出去，蹿上了街道，李秀一紧追不舍，独孤仲平出了角门，却已经跑不太动，只能眼看着了空朝不远处的清明渠奔去。

那了空的身手果然十分矫捷，一眨眼的工夫已经来到清明渠边，眼看后面李秀一又追近，了空一纵身跳进了水渠中。

李秀一追到渠边，收住脚，望了望水中的了空，气愤地踢了一脚旁边的树，原来他虽然功夫了得却并不识水性，幸好韩襄与韦若昭这时领着一队金吾卫士赶来，李秀一急忙朝众人高喊：“在水里，跟上他！”

当即有几名金吾卫士冲下水渠斜坡，沿着水边紧紧跟上。了空在水中回头看了看，见韩襄一干人追来，更加拼命往前游。其中一个金吾卫士见状急忙甩下外衣，扑入水中。

独孤仲平这时也终于气喘吁吁赶到了水渠另一边，他索性在一块大石头上坐下来，冷眼旁观这场水中岸上的追逐较量。韦若昭这时也喘着气，来到独孤仲平身边。

“师父，我又知道了一项你不如我的本事！”韦若昭看着独孤仲平的狼狈相忍不住笑了。

独孤仲平多少有些不好意思，却道：“我一个画画的，如何比得上韩襄他们整天抓人打人的？再说，你不也跑不动了？”

“我是看着咱们的人已经追上，下水去抓他，才停了下来的！”韦若昭当即争辩道。

独孤仲平只好自嘲一笑，道：“好吧，算我输了你，咱们去前面的坝上等吧，他们追到那儿，应该能抓住他了。”

韦若昭过来要搀扶独孤仲平，独孤仲平摆摆手，表示不用，谁知脚下一滑，一下子竟没立稳，韦若昭眼疾手快一把拉住了他，独孤仲平不禁尴尬地笑了。

十九

清明渠是一道贯穿长安城西部的人工长河，河水波澜不兴，却颇有深度。

独孤仲平、韦若昭赶到堤坝之上，只见一道高高的土坝横在水渠中央，水渠在这道坝面前拐了个弯，朝另一个方向流去。

韩襄与李秀一这时正站在坝上焦急地翘首期盼，见独孤仲平出现，两人一个急切地迎上前，另一个却只冷哼一声，不予理睬。

“怎么样了？”韦若昭不等独孤仲平开口便着急地问韩襄。

韩襄朝水中一指，但见那个率先下水的金吾卫士已经一手划水、一手抱住了空朝岸边游来，一众金吾卫士赶紧上前接应，将他们从水中拉了起来。那金吾卫士将了空夹在腋下，朝坝上走。了空一动不动，双腿拖在地下，身后拉出一道水痕。

韦若昭这才看清下水的金吾卫士正是那日在荣枯酒店后院碰见的那个，名唤江平。江平将了空平放在地上，一脸懊丧地道：“这小子好像不行了，要不是我手快，险些就沉了底儿了！”

“什么，死了？”韩襄顿时嚷嚷起来，“这么不中用还要往水里跳！”

李秀一见状急忙俯下身，拨弄了几下地上的了空，失望地站起来，狠狠踢了他一脚，还不解气地骂道：“叫你再咬老子，你他妈倒是起来啊！你不是属狼的吗？”

“好了，好了！李兄——”独孤仲平上前拍了拍李秀一，“你能肯定就是他咬了你？”

“就是他，所有的案子都是这个披着狼皮的人干的。”

韩襄、韦若昭等人顿时一脸惊讶地看着李秀一，李秀一对众人的反应却毫不意外，只哼了一声，道：“你们跟我来看看就知道了！”

一行人很快回到化度寺的那间僧房，李秀一从床下大洞中将那身狼皮拎起来在众人面前展开，房间里自然响起一片惊呼。众人都被眼前的大狼皮吓呆了，韦若昭上前仔细摸了摸那狼皮，又摸了摸狼头和狼爪与皮子相连的地方，忍不住惊叹道：“天哪，居然还有这样精细的活计，做得太像了，这可比你那……”韦若昭说着望向独孤仲平，独孤仲平冲她使个眼色，她立刻闭了嘴。

“这是用真狼皮做的，只不过不是一张，而是几张拼的，你们看这儿。”李秀一说着指指狼皮隐蔽的接缝处，“狼头和狼爪也是真的，所以那些死鬼身上留下的伤痕完全和狼撕咬的一模一样。不过做这身狼皮不是这小子最厉害的，能穿上它，像狼一样行走、猎杀，才是他的本事，他的过人之处。我猜他一定和狼在一起待过，他对狼太熟悉了，他不是在装狼，而是一条地地道道的人狼。”

韦若昭一愣，道：“也就是说他一半是人一半是狼？”

“可以这么说吧。”李秀一点头又摇头，“只不过哪一半更多些，就说不准了。”

“怪不得他用狼的方式把人杀了，但内脏都没有少，他毕竟还没到吃人的地步。”韦若昭若有所思地说道。

“狼并不喜欢吃人，世人不了解这一点，以讹传讹罢了。”

独孤仲平听了李秀一的话突然一笑，道：“李兄，你在山里，和狼一起待了多久？”

李秀一眉毛一挑，略有惊色。他万万想不出独孤仲平是如何知道自己有与狼相处的经验的。其他人也都吃惊地看看独孤仲平，又看看李秀一。

“独孤兄何出此言啊？”李秀一决定装糊涂。

独孤仲平又一笑，道：“我瞎猜的。那你是狼的一半多些，还是人的一半多些？”

众人听了这话望向李秀一的眼神更加惊诧，李秀一却故作毫不在意地笑了起来。“这事自己说了又不算，你看呢？”

说话间，庾瓒就在众金吾卫士的簇拥下咋咋呼呼地闯了进来，随之而来的还有化度寺的管事僧人。

“哎呀，我来晚了，我来晚了。”庾瓒一看眼前的巨大狼皮便倒吸了口凉气，“这就是凶犯作案时候穿的？真是太狡猾了！淹死了也好，省得一审一判，案情传扬出去，吓坏了长安百姓！”

李秀一轻蔑地一撇嘴，阴阳怪气道：“吓坏了长安百姓，庾大人从京兆府领的赏钱也不少一个子儿，凶犯自己跳渠淹死了，既不能算我，也不能算独孤兄抓住了他，庾大人又可以省上一笔，这案子结得多么完美啊，我这里给庾大人道喜了。”

庾瓒明知李秀一的讥诮之意，却还是嘿嘿笑着，道：“秀一老弟，话也不能这么说嘛。改天我做东，请两位饮酒。”他说着也不忘看了独孤仲平一眼，“你们也不用太那个，多帮我破几个案子还不什么都有了？”

韦若昭这时在床边翻检了空的被褥枕头，忽然叫起来，道：“哎，他枕头里有东西！”

众人听言都围过来。韦若昭将枕头的缝线扯开，倒过来抖，果然几块许愿牌从枕芯儿里掉了出来，落在床上。韦若昭当即一块一块地拿起来念。

“王朗，林衡，李秀一……”

庾瓒不禁连连点头，道：“果然是按牌子杀人，哎，可怎么还有秀一老弟你呢？”

李秀一却懒得解释，只轻蔑地哼了一声。韦若昭这时突然叫起来：“这儿还有一个，萧长辉？”

萧长辉？庾瓒听了脸色登时一变，口齿也变得没那么利索了，就听他结结巴巴地道：“这……萧长辉……这是御史大人啊！”

独孤仲平与韦若昭不禁面面相觑，韩襄惊讶道：“这么说他下一个要杀的是萧御史？”

“现在没有下一个了！庾大人何不拿着这块牌子去找这位御史大人表表功呢？”李秀一又不乏讥诮地开了口。

庾瓒一拍脑袋，点头道：“嗯，这倒是个好主意。你们再好好搜搜，我先去一下！”他说完便拿起那块写着“萧长辉”的许愿牌，扔下一屋子人扬长而去。韩襄等人见状自然赶紧跟上。

李秀一朝独孤仲平一拱手，道："独孤兄，多谢了！不过我可不喜欢欠人情，尤其是你的。"

独孤仲平只一笑，道："谢我干什么？我再大度，也不至于把我好不容易找到的了空的线索告诉你啊！"

韦若昭听言，脸上一阵发烧，不由得羞愧地低下头。

李秀一道："不是你让方驼子给我送来了这个玩意，我差点吃了这条人狼的大亏。放心，我一定还你这个情！"李秀一说着将那护颈的铁皮举到独孤仲平面前，独孤仲平却露出吃惊的神色。

"方驼子？我还没找到他，怎么可能让他去给你送这个呢？"

李秀一也是一惊，看独孤仲平的神色不像是在撒谎，便道："什么？不是你？那……"

独孤仲平想了想，道："你见到方驼子了？"

"昨天碰上个人，他没说自己姓甚名谁，但是个驼子，装作卖斗笠，拦住我送了我一顶，里面放着这玩意儿，还说我晚上会交好运，不是他是谁？"

独孤仲平若有所思地点点头，道："应该是他，你在哪儿见到他的？"

"街上啊。我忽然意识到这人可能是方驼子，就去追，没想到他三转两转就不见了。"

"他脚有毛病，走不快，突然消失——是哪个坊？他一定就住在那个坊，你才会跟丢了。"

"是在——"李秀一刚要回答，又突然意识到什么，急忙转了口，“这么说你很想找到他？不过，既然这东西不是你派他送来的，我就不欠你什么了。我为什么要把他住处的线索告诉你呢，除非——”

“除非怎么样？”

“除非你和我合作，告诉我他的底细，和我一起找他。”

独孤仲平一愣，道：“你也要找他？为什么？”

“因为我不能允许一个我不认识的人居然这么了解我，还屡屡在暗中安排我！”李秀一顺手抄起被丢在地上的狼皮，“考虑一下吧，想明白了，再来找我！”

李秀一卷起狼皮扬长而去，韦若昭急忙凑近独孤仲平，解释起来。

“师父，你别生气，都是昨天，李秀一吃了那人狼的亏，晚上到我那儿苦苦求我告诉他些线索，我看他浑身是伤太可怜，就——师父你千万别生气——”

韦若昭说着脸已涨红，却被独孤仲平笑着打断。“怎么会，我还要感谢他引出了方驼子呢！”

“师父，你真的不生我气？”

独孤仲平摇摇头，韦若昭这才终于松了口气。看来自己和李秀一私下里来往，师父也都心里有数了，可他为什么从来没提过呢？是支持自己这么做，还是有别的想法？韦若昭心里盘算着，嘴上把话题引向方驼子，好像这样可以让自己刚才的尴尬好受些。

“师父，这个方驼子到底是谁啊？为什么要帮李秀一那个讨厌鬼呢？”

“只是过去的一个熟人。许久没见了，还有点想他。小事，不提了。”见韦若昭一副刨根问底的模样，独孤仲平也笑着岔开话题道：“你赶紧去把那块写了庾大人名字的木牌毁掉，免得那胖子瞧见了后怕！”

二十

返回荣枯酒店之后，韦若昭把自己和独孤仲平做的假狼皮搬到门口，又转身到墙边，欲摘掉挂在墙上的那张勾画了许多特殊标记的长安里坊图。

“怎么，你打算把这地图也烧了？”独孤仲平笑问道。

韦若昭摇头道：“不，这个嘛，我要收起来，每破一个案子就积一张，我要看看我这一辈子能攒多少张。”

“可有的案子也许用不上地图啊。”

“不会的，每次我看你只要在图上一勾画一琢磨，凶犯的意图就想清楚了，以后不管什么案子，我都要在地图上画画。”

独孤仲平看着韦若昭认真的样子，想了想，道：“随你，不过这一张你先别拿走，再在这儿挂两天。”

“为什么？案子都已经结了。”韦若昭不解地道。

“还想再看看，这个凶犯很特殊，我想把他的心思再琢磨一遍。”

“人都死了，再琢磨还有什么用？”韦若昭不无惋惜地感叹起来。

独孤仲平却道:“就算一桩案子了了，吃透凶犯的心思，对以后应付别的案子也有好处。”

“原来你读心的本事就是这样练出来的？”

独孤仲平略微迟疑了一下。“算是吧。”

韦若昭却没有感觉到这模棱两可的回答有何不妥，笑道:“那好，我也在这儿再琢磨他一遍！”她说着往独孤仲平旁边一站，“师父，我们各想各的，然后再互相对一下，好不好？”

独孤仲平点点头，两人各自端详起地图。

看着看着，独孤仲平说道:“我觉得应该把萧御史的府邸也标出来，凶犯摘了他的牌子，多半已经有了行动的方案，我们各自想想，如果我们是凶犯，会怎么干？”

“好！”韦若昭愉快地应了一声，到桌案前取了笔，在地图上准备标记。“庾大人说萧御史府在永宁坊东巷，是片不小的宅子。”韦若昭边画边说。

独孤仲平望着地图，沉吟道:“永宁坊啊？那么说离化度寺足有十二个坊啊，够他走上一阵的。而且，永宁坊在东城，那是郭歪嘴的地盘，庾大人这趟要想拍好这个马屁，只怕不会那么轻松呢！”

夜色已深，李秀一却还盘腿坐在自己那间空荡荡的房间中央，摆在面前的是那张狼皮，已被叠得整整齐齐。巨大的狼头正对着李秀一，而他的眼睛正死死地盯着那狼头上一对绿幽幽的假眼睛，就好像是在和一只活着的狼对峙。渐渐地，群狼的号叫声仿佛在李秀一耳畔回荡起来，一声紧似一声，狠狠敲击着李秀一的心房。

他很快便坐不住了，感觉浑身躁动，一下子跳起来，将那张狼皮打开，又拎起一只爪子，将这爪子连着的皮子翻开。这爪子里有一根铁棍，是供人手抓住，将手指头套进狼爪里用的。李秀一用自己的手握住那铁棍，伸进狼爪里，比画着动了动，又把手拿出来。再仔细看看，见那铁棍被人的虎口常握住的地方已经磨得锃亮。穿上这一身行头，很快，李秀一便亢奋起来，仿佛回到少年时期，找回了与狼共处时的感觉，他四脚并用，在屋子中绕圈奔跑，速度越来越快，状态越来越疯狂，不时抬头学着狼的样子号叫。

奔跑中，李秀一又回想起那个让他永远无法忘记的夜晚——

纷飞的雪已经停了，少年李秀一拄着一根木棍，从山里一瘸一拐地走来。来到自家羊圈外，他回头看看，见身后农舍门紧闭，糊纸的窗户透出微弱的灯光。群狼的嚎叫这时自远方传来，少年急忙低下头寻找，很快发现了那个夹着一只狼爪的兽夹。

李秀一蹲下打开兽夹，取出那只被自己亲手砍断的狼爪。远处又传来群狼的嚎叫，头狼的叫声更加凄厉，李秀一用那只带着血污的狼爪，轻轻地擦弄着自己满是血污的脸颊，口中轻声学着狼叫，好像在应和远山中的同类。

如果我也是狼该多好！如果是一匹狼，他一定要狠狠地撕碎继父朱六的喉咙，喝他的血，吃他的肉！但可惜他不是，他只能像人一样去向朱六复仇。所以，当母亲在他眼前咽气的那一刻，他便已经打定了主意，说什么也不会让朱六活下来！

因此，当这个不过十几岁的少年跪在森严的县衙大堂，面对威严的县官与面目凶恶的差役时，显得毫不畏惧。

“你叫李秀一？”堂上的县官凛然发问。

李秀一点点头。

“今年多大了？”

“十六。”

县官看了看李秀一，严肃地道：“在我这堂上，问你什么都要据实答来，你可知道？”

李秀一再次点了点头。

“那好，你娘被毒死了，你可知道是谁干的？”

少年侧头看了眼跪在旁边的朱六，道：“知道，就是他，我后爹朱六。”

朱六闻听此言当即惊慌摇头，连声道：“大人，这小狼崽子胡说八道，他和他娘串通好了诬陷于我啊！”

“胡说！”县官一拍惊堂木，“有串通害人自己先死了的吗？”

朱六却也一脸疑惑，犹豫道：“这……这我也不知道怎么回事……许是这小子想放毒害我，弄错了，毒死了他娘！”

李秀一从容地给县官磕了个头，道：“大人明鉴，我十六了，要是想毒死个人，怎么会弄错？就算弄错了，居然还能毒死了自己的亲娘，这说不通吧？”

县官听了他的话不禁点头，李秀一继续道：“我后爹胡说八道，那天煮完了茶我突然肚子疼，就去了茅厕，回来的时候看见他往茶里倒东西。对了，剩下的那个纸包放在他褡裢里。我当时以为他是放什么补药呢，我娘就是喝了那碗茶后就不行了。大人我后悔死了！要不是我傻，我娘就不会死，我娘死得冤啊！”

他说着不禁抹起了眼泪，一旁的朱六听了自然又惊又气，嚷嚷起来：“大人，他……他在胡扯，这都是没有的事啊。”

“有没有待本官查明便知，来啊，将他的褡裢呈上来！”

当即有差役上前将早已取来的褡裢送到县官面前，这是一个蓝布缝制的半新褡裢，县官伸手去里面摸了摸，里边只有一支秃了毛的笔，一本账册，再仔细摸，果然拿出个纸包。

县官打开纸包，里面是半包药粉，一旁的师爷凑上来看看，又用手指拨一下，道：“大人，是砒霜。”县官点点头，又看见这包砒霜的纸上有一个店家的戳记，遂大声念了出来：“保济堂？”

李秀一顿时如梦初醒，大叫一声：“啊？保济堂？朱六和开这药铺的寡妇一直勾勾搭搭，一定是他们串通好了，合谋害死我娘，想做长久夫妻。”

“没有的事，我这两天没去找王寡妇啊！”朱六不假思索地嚷了起来。

县官本就阴沉的面色变得更加难看，冷冷地道：“朱六，这么说你是承认与那王氏有染了？”

朱六这才意识到自己的辩解适得其反，反而坐实了和保济堂王寡妇的关系，当即更加惊慌失措。李秀一还要趁热打铁，道：“大人明鉴，朱六和这王寡妇的事，街坊四邻都知道，我娘人老实，一直忍着罢了……”

朱六万想不到这个平常被自己打骂惯了的孩子会如此心机深蕴地构陷自己，越是急怒攻心，越是笨嘴拙舌，话赶不上来。气愤之下，朱六骂声“好你个畜生，你想害我，我弄死你”，便朝李秀一扑过来，伸手便要掐他的脖子。众衙役急忙上前将其按住。

堂上的县官被朱六的举动彻底激怒了，重重一拍惊堂木，大喝道：“放肆！人证物证俱在，你还敢在公堂上逞威？来啊！大刑伺候——”

差役们顿时一拥而上，将朱六按倒在地，动作利落地将夹棍套上了朱六的手指。朱六自然大声喊冤，继而瞪着李秀一大骂道：“这小畜生和我有仇，他冤枉我！”

李秀一侧头眯起眼睛，看了看朱六，冷然道：“你害死了我娘，我当然和你有仇！”

随着夹棍的收紧，朱六不时发出一阵阵声嘶力竭的惨叫，但他拒不承认是自己毒死了妻子，县官于是命人将朱家的邻居传上堂问话。

“你们和他们一家是邻居？”县官问道。

“回大老爷，正是！”

“朱六和镇上保济堂的王寡妇有奸情，你们都知道？”

“是，村里人都看见过他们来往。朱六有时候去镇上，就住在王寡妇家。”

“那朱六是不是经常打骂赵氏？”

“三天两头的事，我们都去拦过，不光打他娘，打起秀娃来也是没头没脸的。”

李秀一想起所受的屈辱，眼泪顿时像断了线的珠子般滚落下来，朝县官哭喊着：“大人，你一定要给我做主啊！”

县官想了想，像是要确认似的看向李秀一。县官道：“你是亲眼看见朱六朝茶杯中倒这包药吗？”

朱六这时候已经被剧痛折磨得说不出话来，挣扎着欠起身，目光中抱有些许希望甚至哀求地望着李秀一。

而李秀一却是看也不看朱六一眼，平静而坚定地说了声“是”。

夜已三更，化度寺一改往日夜晚的寂静，大殿内火烛通明，中央放着一口棺材，里面躺着的是溺水而亡的了空的尸身。全寺的僧人都来到大殿，和尚们围着棺材而坐，各操法器，正在诵经，超度了空。

诵经声与夜晚的风声混在一起，隐隐约约的，竟有一声声狼嗥夹杂其间。

“师兄，你听，什么声音？好像是狼叫。”一个年轻的和尚忍不住问旁边的师兄。

师兄当即轻声训斥道：“外面在刮风呢，了空都死了，哪儿还有什么狼？念你的经吧！”

小和尚只得继续念经，可是堵不住的耳朵又听到狼的叫声，而且愈来愈近，禁不住抬头四处观望，心神愈发不定起来。

一个巨大的狼头的影子就在这时陡然出现在窗户上，小和尚顿时发出一声骇人的惊叫：“啊，有狼——”

二十一

随着年轻和尚一声“有狼”的惊呼，众僧当即吃惊地抬头四处寻找，只见大门一侧的窗户上，竟真的有一个巨大的狼形黑影一晃而过。这下大殿里顿时炸开了锅，僧人们惊叫着跳起来，争先恐后地朝大殿后跑。可就在这时，那狼影却又出现在大殿后的窗户上，这回更靠近，更清晰，众僧只吓得乱作一团，赶忙朝大殿的另一侧逃去。

一阵狂风就在这时吹来，将原本关着的殿门猛地掀开，狼头仰天长啸一声，紧接着便是嗖嗖两声，两簇钢针几乎同时破空而至，大殿两侧的火烛顷刻间全部被打灭。大殿内顿时陷入了一片黑暗，众僧辨不清方向，又不敢冒着被袭击的危险往外冲，只能惊叫着朝了空棺椁的方向聚拢。

这时巨大的狼头影子因为殿内的黑暗，更清晰地从大殿侧面的窗户上映出来，它甚至站了起来，用锋利的爪子狠狠拍打着窗户，并连声发出瘆人的号叫。

狂风大作，被掀开的大殿的门敲击着门框，砰砰作响，更加剧了大殿内的恐怖气氛。

最先发现狼影的那个年轻和尚在混乱中一头撞上了了空的棺椁，正自眼冒金星、晕头转向之际，又被身后一个僧人挥舞的手臂无意中击中，年轻和尚只吓得浑身汗毛倒竖，忍不住大喊起来："了空诈尸了——"

这一喊不要紧，僧人们再也按捺不住心中的恐惧，一窝蜂似的朝大殿外逃去。巨大的狼头就趁着这片混乱撞破窗户，伸了进来。不绝于耳的尖叫声中，只见那一双狼眼里泛着碧油油的光，倘若这时有人停下来仔细看，一定不难看出其中闪动的得意之色。

金吾卫接到通报已是近一个时辰之后，韩襄率领着一群金吾卫士风风火火赶往现场，独孤仲平、韦若昭以及庾瓒也随后赶到。

众人进入化度寺，现场仍是一片狼藉，僧人们瑟瑟缩缩地聚在殿外。庾瓒当即令手下进入殿内查看，韦若昭自告奋勇，与韩襄各自手持一柄葵花杆做的点火杆，率先进去将大殿里的火烛一一点燃。

大殿里顿时恢复了光亮，庾瓒、独孤仲平随后进入，众僧却还缩在门口，探头探脑，竟是谁也不敢进来。

庾瓒见此情景自然很是不悦，道："本大人都来了，你们还怕什么？都给我进来！"

僧人们只好硬着头皮鱼贯而入。韦若昭见管事僧人了慧也在其中，当即出声招呼道："了慧师傅，这到底怎么回事？"

了慧朝众人行了个礼，道："我等正在念经超度了空，谁想那巨狼突然就来了，先是叫，然后就围着大殿转，一会儿在这边，一会儿又在那边……"

庾瓒顿时一瞪眼，道："胡扯，那恶狼明明就是了空扮的，如今他人都死了——再说他怎么可能有分身术？"

"定……定是了空师兄死得冤枉，今晚诈尸，变了狼，来讨公道……"瑟缩在了慧身后的年轻和尚这时忍不住小声插了句嘴。

庾瓒听得更加恼火，道："瞎说，他这等恶人还要什么公道？"

韩襄正查看那摆在大殿正中的棺椁，突然惊叫道："大人，这棺材盖子好像确实动过！"

"什么？"

庾瓒一惊，在场众人的目光顿时齐刷刷投向那棺椁。独孤仲平和韦若昭正在一侧的窗户前，看被那狼头撞破的窗户，也不禁闻声走过来。

"快，来人把棺材打开！"

随着庾瓒一声令下，韩襄和两个金吾卫士战战兢兢将棺材盖推开。韩襄朝棺材里边看了一眼，失声惊叫道："大人，了空……了空不见了？"

众僧更加恐惧地缩在一起不敢上前，庾瓒也是脸色煞白，却还强撑着喝问道："这怎么回事？了空的尸首哪去了？"

"回大人，可能是诈……诈尸了。"了慧想起方才一幕，心有余悸地回答道。

"等一下。"一旁的独孤仲平这时开了口，"就算了空要诈尸，也应该是个人样的僵尸，怎么会真的变成了狼？再者说，他那身狼皮现在也归了别人。”

“是啊。”庾瓒想想觉得有道理。

“那定是了空扮狼吓人，把真狼惹恼了，所以那狼来了，将了空叼了去。”了慧道。

“你们真的都看见那狼了？”独孤仲平又问。

众僧顿时你一言我一语地回答起来：“是啊，是啊，我们都看见了。”

“那狼可大了，比了空那身狼皮还要大上好几倍呢！”

“要不是我们跑得快，肯定也被他吃了！”

韦若昭在大殿内溜达了几圈，当她转到大殿的一根柱子旁，一眼便看见柱子上钉着的一簇钢针，再转头去看另一边，对面的柱子上同样也扎着一簇钢针。韦若昭想了想，趁众人不注意将两簇钢针分别拔下来，揣进怀里，随后来到独孤仲平旁边，低声道：“师父，你看。”

独孤仲平只瞥了一眼便明白了其中缘故，当即朝韦若昭使了个不要声张的眼神，接着又问众僧：“你们刚才说，你们都从这殿里头跑了出去？”

“是啊。”了慧等人忙不迭点头，“得亏我们跑得快！”

“那就是说，先是有狼的影子出现在窗户上，然后门开了，殿里的火烛都被吹灭了，这时你们都被吓坏了，还没看到狼进来，就都跑了出去？”

了慧点点头。

“那我猜，了空的尸首多半还在这间殿里，我们不妨到大殿后面好好找找。”

独孤仲平说着便率先朝殿后方向走去，他走到供桌边，见一张供桌摆得有些歪，独孤仲平心里有了数，悄悄冲庾瓒使个眼色，又朝供桌努下嘴。

庾瓒领会了独孤仲平的意思，让金吾卫士好好看看这供桌下面。韩襄等人掀起供桌帘子查看，果然有了发现，叫了起来。韩襄嚷了声“在这里了”，几个金吾卫士七手八脚地将了空的尸首搭了出来，众人围上前去。众和尚这会儿也都围了上来。

独孤仲平指着了空的尸体，言语轻松地道：“就算真有什么狼来过，它也并不想吃了了空。你们看，尸首身上一点伤痕都没有，它也许只是想跟你们大家开个玩笑。”

众和尚听独孤仲平分析得有条有理，互相低声议论着，神色都安定了些，却还有些莫名的害怕。

庾瓒却不耐烦，将手一挥，吩咐手下将了空的尸体重新收殓回去，又对众僧道：“你们多念几遍经，好好超度了他吧！”

等众人各自散去，庾瓒问独孤仲平道：“老弟，这了空明明都死了，那狼怎么又出现了？莫非还是有只真狼？”

独孤仲平显得颇为忧心忡忡，道：“真狼不可怕，可怕的是人狼。”

“人狼？什么意思？”

“现在还说不好。”独孤仲平想了想，“不过，会搞清楚的！”

回到荣枯酒店，已是天光大亮，一夜未合眼的独孤仲平与韦若昭吃了点饭，回各自的房间洗洗，小睡了会儿，又赶到衙门，处理了一些日常的琐事，等再返回酒店已是掌灯时分。

韦若昭一直想问独孤仲平钢针的事，没想到独孤仲平先开了口。

“你肯定这钢针是李秀一的？”

“没错，我在他那里见过，昨天夜里闹事的肯定是他，大殿里的蜡烛定是他用这钢针打灭的！”

独孤仲平想了想，退开几步，尝试用手中的钢针去打不远处的火烛。钢针扎到了墙上，火烛却是一支也没有打灭。独孤仲平无奈地摇摇头，走过去拔下钢针，自言自语道：“我怎么就不行？离这么近，一支都打不灭，看来李秀一的身手比我强太多了。”

“师父，你说这李秀一到底想干什么啊？”

“你说呢？”独孤仲平有意让韦若昭再动动脑子。

“我可想不出来，难不成是他得了那身狼皮，忍不住拿出来显摆一下？”韦若昭一脸烦闷地摇摇头，“人家化度寺的和尚招他惹他了，没事吓唬人家干什么？”

独孤仲平听出韦若昭对李秀一的不满之意，不禁笑而摇头道：“他的目标不是那些活和尚，而是那个死和尚。”

“了空？”韦若昭顿时面露不解之色，“他人都死了，有什么用啊？”

“李秀一装神弄鬼，是想把活和尚引开，好去查看了空的尸体，我们现在要琢磨的是，他为什么又想起来去查看了空的尸体。”

“哦，这样说来倒是有点道理！”韦若昭点点头，“可了空的尸体有什么好看的？”

“他拿走了狼皮，这是关键，所以他想知道的是，关于狼皮，了空是不是说了瞎话。”

韦若昭一愣，道:“死人还怎么说瞎话？”

独孤仲平这时若有所思地一笑，道:“也许死人本身就是最大的瞎话。”

二十二

韦若昭听独孤仲平这样说，懊恼地拍了下大腿。

“嗨！那天真不该让李秀一把狼皮拿走！这下好，线索成了人家的，我们什么都不知道了。”

独孤仲平却嘿嘿一笑，道：“没关系，一个人如果说了瞎话，说得水平越高，越像真的，留下的破绽也会越大。”他说着起身走到那张长安里坊图前，“只看我们能不能猜到他会怎么想。”

“我知道，要读他的心。可我现在什么思路也没有，师父，那你想到了吗？”韦若昭当即凑上前问。

独孤仲平这时却话锋一转，道：“你说了空从化度寺跑出来的时候，是想逃命，还是想自杀？”

“当然是想逃命，不然他跑什么？”

“那他从寺里跑出来，为什么既不向北，也不向南，而是一直往东？”

韦若昭当即不假思索道：“慌不择路啊，李秀一拿着刀在后面追……”

“不对！”独孤仲平伸手指着地图，“慌不择路脑袋里也有想法，不会空白一片。向北，马上可以进普宁坊，那里有全城最大的贫民窟，里面无数的斜街小巷，人又多，应该更容易逃命。向南，金城坊内，紧挨着坊门不远就有一片林子，也能藏身。可他却横着穿过了顺义街直奔居德坊，这说明什么？”

“说明什么？他不是在那儿把你成功地甩了？”韦若昭说到这儿，又忍不住冲独孤仲平调皮地眨了眨眼睛。

独孤仲平摇头道：“他并不知道追他的还有个跑不快的画画的。这说明他是直接奔清明渠来的，他想得很清楚，要跳渠。”

“可他淹死了？”

“一个在逃命的关键时刻算计好要跳渠的人，居然会淹死，你不觉得很奇怪吗？”

韦若昭又想了想，道：“你是说这里面有鬼？可也许是他受了惊吓，游不动了，就……”

独孤仲平已经拎起画箱起身朝外走，边走边说道：“无论如何，我们得再去一趟化度寺！”

当独孤仲平、韦若昭再次赶往化度寺之际，李秀一正一身夜行装扮，匆匆忙忙地走在之前自己遭遇袭击的那条窄巷里。

昨夜在化度寺扮狼的一番折腾收获实在是丰厚的。李秀一证明了试穿狼皮时产生的重大怀疑——了空并不是那真正的扮狼杀手！他引开众和尚后，将了空的尸首拖出棺椁仔细查看，发现了空的身高明显比那狼皮长度短上一截，而且更重要的，了空一双皮肤滑嫩、柔绵的手，不可能是经常握持狼爪内的铁棍，跳跃扑咬的手，那上面甚至连一个老茧都没有！这就说明，他不可能是这狼皮的真正主人，充其量也就是个帮凶。那么真正的杀手是谁？他又是如何做到在城中来去自由、不留痕迹的？

残月高挂天顶，风裹挟着凉意吹来，李秀一身上却还是微微发热。他又一次来到了自己当日被“巨狼”扑倒的位置，周围皆是黑黢黢的一片，高低错落的建筑物只有一个个朦朦胧胧的影子，仿佛形态各异的怪兽，盘踞在一片黑暗之中。

李秀一抬头看了看那屋顶，又看了看自己站的位置，稍一思索就麻利地穿上狼皮，戴好狼头。他像狼那样，手脚并用，来到那个巨大屋顶的一侧，狼爪紧紧抠进柱子里，顺着一根柱子往上爬。

这狼皮虽然厚重，但缝制精妙，穿在身上丝毫不影响里面人的行动。李秀一须臾间已经轻快利落地登上了屋顶。穿着狼皮的李秀一站在屋顶上，四下望望，又蹲下身，手脚并用学着狼的样子，开始向着一个方向纵跃爬行。

他来到两个屋顶相隔最近的地方，一纵身跃上了另一个屋顶，继续向前。又一个屋顶接缝处，他再次纵身毫不费力地跃到了另一个屋顶之上。

这感觉可真好，就像真的是一匹狼一样。李秀一奔行的速度越来越快，方向也越来越明确，寻找屋顶接缝最近的地方前进，却原来这长安城内层层叠叠的屋顶，竟是一个相当便捷来往通路。

当李秀一来到一个较高的屋顶上，发现四周其他的屋顶都距离比较远，无法纵身跃过。他犹豫一下，认真思考一下，自己的寻找的方向没错，再仔细看看，却突然发现屋脊上居然叠放着两块长木板。

李秀一爬到屋脊边，将两块长木板揽到怀中，接着来到这屋顶的另一侧，将两块长木板架放在这个屋顶和另一个相邻的屋顶之间。李秀一仍然手足并用，踏上了这两块木板，又顺利地爬到了另一个屋顶上。

跃过几重屋顶，又有一处距周围其他的屋顶比较远，但李秀一又顺利地在屋脊上找到了木板，再次通过木板前行到另一重屋顶上。看来这都是那杀手提前布置好的，果然是个心思细密的家伙！李秀一想着，终于在一重极高的屋顶上，发现了一具窄窄的梯子，通向地面。

李秀一顺着这梯子往下去，发现这是一处僻静的小巷，两边都是宅院的后墙，梯子放在这里绝不会引人注目。

“原来你走的是这条路，我说怎么一点痕迹都没有！”李秀一摘下狼头，自言自语道。这时他忽然想到了那块写着萧长辉的牌子，眼光中闪现出惊觉，于是匆匆脱下狼皮，卷着夹在腋下，沿小巷悄然离去。

独孤仲平、韦若昭的到访让本以为事情已经过去的了慧十分不安，但他还是依照两人的吩咐，将几个平日里与了空关系比较密切的僧人找了过来。

“我师父还想向你们几位打听些了空的事。”韦若昭尽量和颜悦色，希望能打消僧人们的忧虑与恐惧。

僧人们却还是一副战战兢兢的模样，其中一个壮着胆子道：

“你们就放过我吧！我们虽然和他要好，可他干的那些事是真的不知道啊！”

“是啊！是啊！”其他几人也点头附和着。

“平日里，他也只是和大伙一处来去，看不出有什么奇怪的地方，只是好像总有钱花。天地良心，我等可真的不知道他的钱是怎么来的。”

“你们不用紧张。”独孤仲平一笑，“我只想知道，了空会不会游水？”

说来也怪，独孤仲平的笑容仿佛有着某种特殊的魔力，原本紧张不已的僧人们很快便都松弛了下来。

“我们只是一起念经、干活，倒是从未有空去游水呢！”几个和尚相互看看，显然都对独孤仲平的问题感到奇怪。

“了空师兄死得太惨了！”其中一个僧人这时叹道，“平日里就属他对我最好，那些坏事一定不是他干的。”

他说着竟忍不住哭起来，韦若昭听了顿时露出不耐烦的神情，道：“你哭什么？我问你，你可知道了空会不会游水？”

“那日我们去太平坊一个施主那里，去替老住持取经书，回来也是路过那清明渠，我一不小心掉了下去，多亏了空师兄把我捞了上来，可没想到他倒淹死了……”

那僧人带着哭腔回答，韦若昭一听来了兴致，惊讶道：“你说什么？你落了水是了空把你救上来的？”

“是啊！师父总说要广积善业，必有福报，可了空师兄却……”

韦若昭与独孤仲平不禁交换了一下眼色，两人眼中既有惊讶，又有猜中的喜悦。

二十三

庚瓒得知独孤仲平与韦若昭推断出了空之死另有隐情之后，当即将昨日参与捉拿了空的几个金吾卫士召集起来。

“你们好好想想，”庚瓒沉着脸问，“捉拿了空时有没有其他人下水？”

一众金吾卫士自然面面相觑，江平摇头道：“回大人，我们几个是分头下的水，到了水里只是拼命追那了空，并没有顾上看其他的。”

其他几人当即点头附和，庚瓒想了想，又问道：“那你们追上他的时候，可有什么异常？”

“我们追上那厮的时候，他已经往下沉了。”江平道，“不过有道坝子，挡住了他一段，要是那时候发生什么，我们可就看不见了。”

庚瓒觉得他说得有理，再问也问不出什么，而一旁独孤仲平已经朝他眼神示意，便摆了摆手，道：“好了，你们先下去吧。”

众金吾卫士离开，韦若昭迫不及待地嚷嚷起来，道：“了空肯定是被人杀的，他水性很好，下水救过师弟，绝对不可能在逃命的时候自己淹死了！”

“可他们说的你也听见了。”庾瓒无奈地摊开手，“那你们说是谁干的，为什么要杀他？”

“杀他不是目的，而是他死了，一个故事就将圆满了，我们查到了化度寺，怀疑到了寺里的和尚，然后就在了空的床下，顺利发现了凶犯扮杀人狼用的行头……”一直沉默的独孤仲平这时开了口，“反正许愿廊的秘密也暴露了，然后了空畏罪拒捕，慌张之下跳了清明渠，几乎当着我们的面淹死了，于是人证物证俱全，完美结案，一切都结束了。”

“那——是真正的凶犯把了空杀了顶罪？”庾瓒听到这里，总算明白了事情可能的原委，只觉得脊梁骨直冒凉气。

韦若昭当即抢着回答道：“没错！为此他把那件宝贝狼皮都扔了出来！你想啊，了空和四个人住在一起，就算那张狼皮是他的，他也不可能藏在自己的床下，那个床洞最多也就是藏那些牌子用的。”

“所以，了空至多就是那杀手的同谋。”独孤仲平接口道，“不过，他为什么把还没杀的人的牌子也抛了出来？如果为了把一个谎话说圆，他只需抛出我们知道的那几个，也许他是想让我们所有人放松警惕……”他说着露出思索的神情，“庾大人，你应该已经拿着那牌子去找萧御史表功了吧？”

庾瓒一愣，有点不好意思，但知道瞒不了独孤仲平，便点点头道：“去了。”

“他府里可是戒备森严？”

“嗯，内外都有家丁值守，他起居的书房外有两班人轮替。”

“看来萧御史已经感觉到有人要对付他，可现在听了你的汇报，又见了那牌子，我估计他已经把人都撤了。”

韦若昭忍不住叫道：“对啊，原来他是用这种方法让我们替他把人调开！”

庾瓒一听就急了，颤声道：“啊，那怎么办？我已经中了奸人的计策，让萧御史撤了府里的值守家丁。那萧御史若是有个三长两短，岂不是我的罪过了？”

独孤仲平道：“所以，你必须马上派人去萧府！”

“对对！”庾瓒忙不迭扭动着庞大的身躯朝外跑，却又想起一事不解，扭头问道，“可我不明白，那杀手为什么晚上要去吓唬那些和尚？”

独孤仲平与韦若昭相视一笑，都觉这胖子实在蠢得可爱。韦若昭正要直说，独孤仲平抢先道：“这个，等抓住凶犯，你自己问吧！”

就在庾瓒调兵遣将赶往萧府的时候，李秀一已经来到了永宁坊东巷。御史萧长辉的府邸就坐落在巷子尽头一座高大的木制牌楼之后，雕梁画栋的宅院外安放着簇新的行马，门前耸立着象征身份等级的乌头门柱，还有两名身高体壮的家丁一左一右值守在侧，凶神恶煞的模样不免令过往行人心生畏惧、匆匆离开。

李秀一在远处观察片刻，随即绕过萧府大门来到旁边的小巷。但见这巷子十分窄小、僻静，许久才有零星行人经过，而周遭民宅相较萧府自然低矮了不少。李秀一很快便寻找到一个可以落脚的柱檐，见四下无人便一溜烟攀爬上去。

虽然轻功了得，李秀一却故意学着狼的样子手足并用，慢慢地在屋顶上移动着。他辨认了一下萧府的位置，便动作麻利地从一道屋顶跳到另一道屋顶。又过了一道屋顶，对面就是萧府院内较高大的屋顶了，两房之间距离比较远，李秀一四下看了看，在这边民宅屋顶一隐蔽处，有两块木板已经架好，直接通向对面的高屋顶。

果然是这样！李秀一不禁冷冷一笑，看来自己预料的不错，杀手已经准备好要向萧长辉动手了！

李秀一沿着这两块木板顺利地来到萧府的高屋顶上，从这里向下看就是萧府的庭院，庭院一侧回廊尽头便是萧长辉日常起居的书房，院子里不少仆人来来往往，却丝毫没有显现出戒备的样子。

想来是那位急于表功的庾大人起了作用，萧长辉一定以为危险已经过去，府邸上下于是放松了戒备。真是得来全不费工夫啊，李秀一想着不免得意起来，只要守在这杀手的必经之路，趁其不备突然出手，定然可以击伤而擒拿他，既报了仇，又可把这笔不菲的赏金稳稳当当赚进腰包！正想着美好前景，一阵急促而嘈杂的脚步声却在这时从脚下的院子里传来，李秀一急忙低头去看，就见庾瓒率领着一众金吾卫士急急火火地朝萧长辉书房奔去。萧府管事跟在一旁却是一脸的慌张，不住地劝："哎，庾大人这怎么回事？您倒是容我通报一声啊。"

"事情紧急，待本官自己和萧大人说吧。"庾瓒神情也显得颇为慌乱，边走边朝手下发号施令，"韩襄，你带人把这院子前后左右都守住，尤其是萧大人的书房！”

“是！”韩襄应了一声，当即带人前往四下戒备，庾瓒这才随着管事朝萧长辉书房走去。

屋顶上的李秀一看到此忍不住恨恨地一拳捶在屋瓦上，气得骂出了声：“你个死胖子，又来坏老子的好事！”

“庾大人，你是何意啊？”

御史萧长辉是个瘦削清矍的中年人，此刻他正一身便装，端坐在书房里，满脸不悦地打量着面前的庾瓒。庾瓒满脸通红，额头上渗出一排细密的汗珠，圆滚滚的身体还随着急促的呼吸微微颤动。他在心里一再地嘱咐自己沉住气，慢慢说，却习惯性地在品级高的官员面前紧张起来。

“御——御史大人，请恕下官擅闯之罪。”庾瓒一边抹着脸上汗珠一边赔笑脸，“事情紧急，下官来不及和您商量了，事关您的安全，我不得不带了些人来。”

萧长辉顿时一脸不解，道：“到底怎么回事？你不是说，那个扮狼行凶的杀手已经被你们擒杀了吗？”

庾瓒忙不迭解释道：“是啊，是啊，那一个是解决了，可下官时时把您的安危放在心上，一刻不敢放松啊。”见萧长辉脸色略有缓和，庾瓒又道：“下官又得了可靠消息，又有个狠角色欲对您不利，为保万无一失，我打算派些人在您这里昼夜值守。”

萧长辉却不以为然地一笑，道：“庾大人，你是不是太多虑了？要说人，我这府里也有不少。”

“那是，那是！可您是不知道，江湖上的亡命之徒绝非善类，手段很是毒辣啊！”庾瓒当然不敢将实情告诉萧长辉，只能一个劲儿向他强调杀手的危险，“我的人毕竟是专干这个的，各个身手不凡，若是碰上硬茬子，还是他们应付起来更称手些。”

“哼，朝里哪些人恨我入骨，我多半也能猜出来！什么杀手，其实他们只是想吓唬吓唬我，让我就此收手罢了，我才不怕他们呢！”

见萧长辉依然满不在乎，庾瓒心中着急，便道：“大人您刚正廉洁，多大的官您都敢弹劾，下官佩服得很。不过多加些小心总是错不了，您若真有个三长两短，对咱们朝廷、百姓，那得是多大的损失啊！”

萧长辉听了庾瓒这一番吹捧终于有些心动，想了想，道：“那你打算怎么办？”

“下官的人分两班，时时刻刻守住您这间书房，这两日您若没什么旁的事，不妨就在这间书房里活动……”

萧长辉不禁拂袖而起，不悦地道：“在我自己家里，为防个没影的杀手，居然要弄得足不出户，形同坐牢，传扬出去岂不让人笑话？”

“御史大人，管别人怎么想！保得性命总比不招人笑话强。等我拿了那杀手，大人您还不是想去哪儿就去哪儿，再说也能坐实了那些意图谋害您的恶人的罪证！”

萧长辉又思索一阵，觉得确有道理，这才点点头，道：“也好，就先照你说的办吧。等我这道奏章递上去，他们恐怕只能到牢里去跟那什么杀手做伴儿了。”

萧长辉说着将手中拿着的一卷文稿抖了抖，一副踌躇满志的样子。庾瓒对萧长辉的话只听了个一知半解，心想这文稿怕就是他招祸的因由，不知他为什么还是要写，倒弄得自己提心吊胆地来保护他。可谁让他官大呢，要是自己这次能保他无事，再抓了那杀手，他随便保荐自己一下，升官发财还不是随随便便的事？想到这儿，庾瓒已满脸堆出笑来，好歹对方总算是同意了自己的安排。庾瓒连忙点头道："一定的！一定的！"

二十四

庚瓒亲自安排好萧长辉书房的防卫，又在萧府四处视察了一番，这才与萧长辉告别，打道回府。刚一进门就看见李秀一正坐在自己平日的座位上，津津有味地品着茶。

“秀一老弟——”庚瓒心中疑惑脸上却挂着笑，“你怎么来了？”

“派人去萧御史府上守卫，是独孤仲平的主意？”

李秀一径自端着茶杯懒洋洋地问，看也不看庚瓒一眼。庚瓒对他轻慢的态度虽有不满，当着他的面却也不便发作，只道：“什么话，本大人就不能未雨绸缪一回？”

李秀一顿时撇撇嘴，一脸不屑地道：“十足的馊主意！”

“怎么是馊主意？我已确切查知，了空只是那凶犯抛出来的替死鬼，他的真正目的是让我们放松警惕，好对他的下一个目标御史大人下手，我岂能中了他的奸计？”

李秀一见庚瓒讲着他从独孤仲平处趸来的货色还大言不惭，心中更加不屑，冷笑道：“傻子用脚指头都能想明白了空不是真凶。”

“怎么，你都知道了？”庾瓒这疑问却很诚恳。

“他当然会去对付萧御史，只要摘了牌子，他还没失过手，除了我，但越是这样，我们越不应该把萧府看起来。”

“为什么？”

李秀一不禁面露得意，道：“我已经摸清了他到底是怎么做到来无影去无踪的，只要你马上把萧府的守卫都撤了，我有绝对的把握抓住他。”

庾瓒一听顿时来了精神，道：“哦？那你说说看，他是怎么做到的？”

李秀一又冷笑起来，道：“这你不用管，我只需要你现在把守卫都撤了，再把赏金准备好就行了。”

庾瓒面露难色，叹道：“嘿嘿，老弟，不是我信不过你，这萧御史可是当今皇上跟前的红人，关系重大啊！”

“你没听人家说，舍不得孩子套不着狼吗？要想套住这只神通广大的人狼，何妨用这二品御史做饵呢？再说，这萧府是在城东左金吾卫的管界，多死了一个御史，责任未必算在你右金吾卫的头上，可抓住了这凶犯，功劳都是你右金吾卫庾大人的。”

庾瓒听了李秀一这话不置可否，只笑着摇摇头，道：“老弟，你说的确实不错。要论查案抓人和江湖上的事，你没的说，要论这官场上的事，嘿嘿，你还是没琢磨明白啊！这些年我破的大案还少吗？”

“案子是不少，可都是大人你破的吗？”李秀一不无讽刺地道。

“总算都在我的名下嘛。”庾瓒厚着脸皮一笑，“可我不还是个六品右街使？功劳就算右金吾卫立了，上面还有长史大人，长史大人上面还有金吾卫大将军。可我要是在左金吾卫的地面上，保得御史大人躲过了这一劫，他能不对我另眼相看吗？就算这凶犯抓不住，只要御史大人没事，嘿嘿——”

李秀一不禁斜着眼睛打量庾瓒，哼了一声道：“原来你是想走这御史的门路——你们这些狗官——”

“老弟，你好歹也是穿过官衣吃过官饭的人，为何对做官的如此有成见？”庾瓒打了个哈哈，言语中颇有些自嘲的意味，“就算我是狗官，也是一条最不坏的狗。我若升了上去，总比他们对百姓要好些。你放心，到那时，我也不会忘了你的。”

李秀一已经从座位上站起来，道：“那我就祝大人您迅速高升了。”他说着便沉着脸，大步朝门外走去。

庾瓒并不在意被驳面子，又在李秀一背后道：“你若有别的路子能拿了那凶犯，我也是求之不得啊！”

这狗官，李秀一不禁在心里暗骂。他气冲冲朝右金吾卫官衙外走，经过狭窄的门廊时，几个金吾卫士正在走廊里闲聊，其中一个伸着一条腿，踩到对面的石阶上，恰好挡住了李秀一的去路。李秀一不由得重重哼了一声，那金吾卫士其实并没有注意到他，闻声不禁吓了一跳，这才急忙将伸出去的腿收了回来。这些天来他在衙门常来常往，这些当差的不但认识了他，也都知道了他的手段和与庾瓒的关系，个个都畏着他三分。

而李秀一眼前却始终横着一条拦住他路的腿——

少年李秀一从县衙大门里走出来，伤痕累累的脸上满是欣慰与得意的神情。刚才县官的言语分明是判了继父朱六的死刑，虽然还要经过层层程序才能在来年秋后问斩，但已无可能翻案了。严冬仍未过去，外面依然寒风瑟瑟，日光也是惨淡的白色，无精打采的，没什么温度。而在此刻的李秀一看来，却明媚得犹如阳春三月。

县官相信了自己的证言，继父朱六被当堂判了死罪。李秀一想起继父听到判决时那绝望的嘴脸就觉得无比解气。娘，我终于替咱们报了仇了！

少年一边咀嚼着胜利一边沿着窄巷前行，突然间一条腿伸了过来，踩到对面墙上，恰好拦住了他的去路。李秀一一愣，抬头但见面前站着个一身黑衣的高大中年人，正眯着眼睛盯着自己。

“你叫李秀一？”中年人的声音有些沙哑，冷冰冰的，不带丝毫感情。

“是又怎样？”李秀一倔强地梗着脖子，“让我过去！”

中年人的腿依然伸着，丝毫没有让路的迹象，又道：“刚才在堂上，是你指证你后爹杀了你娘？”

“我不认识你，让我过去！”

李秀一瞪起眼朝对方示威，而那中年人却依然眯着眼睛打量着他，言语中带着几分嘲笑：“你不要以为侥幸骗了个糊涂官，以后就还有这样的运气。”

李秀一心中一颤，不由得道：“你——什么意思？”

“褡裢里的半包药，不但不应该定朱六的罪，反而能证明他清白！”中年人一字一顿地道，“下回栽赃的时候，干得高明些，你好好想想，谁杀人还会留着这证据？把姘头的药铺都标得清清楚楚？”

李秀一只听得一身冷汗，这人是谁？他又怎么会知道得这么清楚？惊恐地四下看看，此时街上并没有其他行人，李秀一不由得面露凶光，身子朝后缩，一只手攥紧了拳头，另一只手下意识地朝腰间摸去，虽然那里除了只狼爪，并没有任何可用的武器。

中年人对李秀一的举动只是冷冷一哂，道：“别那么看着我，你现在还不是我对手，杀不了我的。”

中年人的目光像刀锋一般掠过，本就故作强硬的少年闻声更加害怕，攻击性的姿势收敛了些，却又不知接下来该如何是好，半晌才小声道：“你——你去告发我好了，我不怕你！”

中年人这时第一次露出笑容，摇头道：“我是来此办案的捕头，顺便听了听那糊涂官审案。我又不认识这个朱六，告发了你，我有什么好处？”

他说着居然将腿放下了，李秀一认为离开的机会来了，稍一犹豫，就往前冲，想赶快逃跑，却没想到对方待李秀一跑近，竟又一伸腿，正好将冲过来的李秀一绊了个正着。

李秀一当场摔了个狗吃屎，他趴在地上，有些不知所措地抬起头，就正对上了中年人那严肃的脸。

“朱六是个混蛋？”

李秀一毫不犹豫地点点头，又黯然低下了头。

沉默许久，中年人的语气渐渐缓和下来，俯身将李秀一扶了起来，道：“你现在没爹没娘了，打算怎么办？”

“家里还有些羊，让狼吃了不少，我也不知道怎么办……”

李秀一嗫嚅着，这还是他第一次思考以后怎么办，毕竟是个十几岁的孩子，想到未卜的前途，还是忍不住露出胆怯与恐惧的神色。

中年人这时忽然叹了口气，道：“你小子就是属狼的，谁让我碰上了呢！跟着我混吧，不然你早晚跟朱六一个下场。”

李秀一一愣，疑惑地问道：“跟着你混？”

中年人点点头，随手从腰间摸出一块令牌，李秀一隐隐约约看见那上面写着“金吾卫”的字样。就听中年人道：“穿上官衣，吃口官饭吧，不然你非成大奸巨恶不可。穿上了这身皮，好好混，没准能成个名捕！”他说着又停顿片刻，“我姓刘，我叫刘全。”

李秀一这才注意到中年人身上穿的似乎是一种公门制式的衣裳，整齐而利落。在他们这小小的县城里，即使是衙门做公的，也没有这样的服色。李秀一不记得自己那天是不是当场就下跪认了师父，只记得他随那中年人而去时一片正午的阳光白花花地刺眼。

二十五

正午的阳光白花花一片照得人几乎睁不开眼。燠热而烦躁的气息在空气中弥漫。李秀一又一次来到了那间赌馆，刚一进门却被迎上前的伙计拦住。

“这位是李秀一李爷吧？我们老板有话……”

李秀一眼一瞪，沉声道：“你们老板放什么屁关老子鸟事？让开！”

他说着便径自往里走，却又被伙计拦住，伙计气势汹汹地道：“我们老板说了招待不起，我劝你还是别敬酒不吃吃罚酒！”

“哦，那我也劝你一句，”李秀一只冷冷一笑，“你最好别惹我的老板。”

伙计刚一愣，只觉得肚子上仿佛被什么东西顶住了，低头一看但见李秀一的手已经将腰刀抽出一截，刃口正好顶在了自己的腹部，接着不知何时已被割断的腰间横裥齐齐地落了下去。

伙计顿时吓得面无人色，颤声道：“哎，别，我和您闹着玩不是，您里边请！”

李秀一收起腰刀，大摇大摆地朝人声鼎沸的赌馆里走去。

沿着萧府围墙，独孤仲平和韦若昭师徒二人在萧府门外的街上溜达。独孤仲平好整以暇地打量着来往的行人，韦若昭却一副丈二和尚摸不着头脑的模样。

“师父，刚才当着庾大人我不便问，咱们为什么不进去呢？”

独孤仲平一笑，道：“庾瓒大人无非是给御史大人示警，看御史府现在的情景，凶手还没有动手，这个对手处心积虑，必须等他动起来，我们才能找到他。”

韦若昭想了想觉得有理，却还是有些疑惑，道：“那至少也该进去瞧瞧里头的地形、布置什么的啊！”

“用不着进去也能猜出个八九不离十。”独孤仲平朝萧府一努嘴，“早年朝廷对他们这些大官的宅邸建置还有限制，这些年也就睁一眼闭一眼了，不过萧御史既然是以清廉、诤臣而闻名，住处便也不至于太过奢豪。”他说着指了指身旁的院墙，“咱们几乎已经绕了这宅子一周，看来占地面积不算太大，里头最多就是三重院落配一个花园，每一重院落也跑不出门、堂、寝、院，中轴对称的格局。听庾瓒说萧御史日常起居都在书房，那么既不能过于幽深偏僻、让登门的客人走得太远，又不能是在人来人往的通衢、过于吵闹，可见这间书房理当位于第二重院落之中。庾瓒不是还说过书房外有条挺长的廊子吗，看来萧御史是将花园也安在这二重院落里了，既不乏格调，又免去了隔墙有耳的危险。”

韦若昭只听得瞠目结舌，不由惊叹道：“哇，师父，你可真厉害！”

“要不怎么能做你师父呢？”独孤仲平莞尔一笑，“不过萧御史大概也知道自己在朝中树敌太多，你瞧他家这院墙，每隔一段便砌有一个墙垛，围墙足有一丈高，一般人无法翻墙进去。周围建筑都比这宅子低矮，院墙外也没有高大树木，摆明了是在防备着有人从高处侵入。想要不经过大门，除非使用飞爪挠钩，但院子里昼夜都有家丁往来巡视，除非绝顶高手，否则也很难成功。”

韦若昭听了独孤仲平的分析，深以为然地点头，接着又问道：“那师父，这里四面高墙，胖大人又把里面的书房看了个严严实实，萧大人要是不出来，我实在想不出，凶犯还能有什么办法进去杀人？”

“凶犯不来了岂不更好？”

“对萧大人来说当然是好，可是我们如何能拿住他？总不能就这么放任他跑了不管啊！”韦若昭犹豫一下，鼓起勇气，“师父，我有个主意，你可别嫌臭。”

“哦，说来听听？”

“人家都说舍不得孩子套不着狼，不如让胖大人把咱们的人都撤了……”

独孤仲平不禁笑了起来，道：“主意并不臭，不过如此一来你简直是要了庾大人的命了。他现在多半正在烧香磕头，求上天保佑凶犯呢。”

“为什么？”韦若昭一脸不解，“难不成他希望那杀手逍遥法外？”

独孤仲平露出一脸似笑非笑的促狭之色。“在长安办案，得按长安的规矩来，你想想若不是有这凶犯帮忙，庾胖子平常随随便便哪有机会和萧御史这位皇上身边的大红人搭得上呢？”

“你是说这对胖大人来说是个千载难逢的巴结上司的机会？”韦若昭明白了，不禁一脸鄙夷，“哼，胖大人真是官迷心窍！”

“你不了解他，庾瓒其实也还算是个好官。”

韦若昭却不满地噘起嘴，嚷道：“他还能算是好官？又胖又笨的，把你的功劳都抢走了，你怎么还替他说话？”

“不是他抢了我的功劳，而是我自愿把麻烦事都让他去办罢了！”独孤仲平笑着说，“你想想，要不是他，我们岂不是要天天和那些长史啊、将军啊打交道？又如何能轻轻松松地享受这探案的乐子？反正你跟我学探案也是图这个，又不指望着升官发财，何不跟庾大人来个各取所需呢？”

“话虽如此，可他这样占你的便宜，还是太滑头了！”韦若昭依然愤愤不平，“下回破案的赏金，还得找他多要点！”

两人继续在萧府院前边走边看。

韦若昭突然意识到这或许是个了解独孤仲平的好机会，便试探道：“师父，我知道你是高人，这叫大隐隐于市。哎，你是怎么找到胖大人，让他跟你唱这出双簧的？”

而独孤仲平何尝不知韦若昭的小算盘，自顾自抬头望天，道：“以后告诉你。”

他其实心中暗道，徒弟啊徒弟，你还不知已通过了我的测试，自此之后我就将逐步把本事倾囊相授，你从此日日身在罪恶边缘，与凶徒恶棍打交道，是福是祸也都是你的命了。你想知道些我的事又何必急在一时呢？但他终究没说出这些，自打来了长安，当了右金吾卫不在册的画师，他就强行改变自己的性格，成了别人眼中深自谦抑的人。他只打算慢慢让韦若昭感到自己对她态度的改变。

“我就知道一说起过去的事，你什么都不告诉我。可我什么都告诉你了。”韦若昭沉浸在花招失败的情绪中，一脸不高兴，“你不说也没关系，我当个案子查，早晚把你的身世查得一清二楚，你不说就是心里有鬼！”

韦若昭满心以为这样便能激出独孤仲平的话来，可谁知独孤仲平竟哈哈大笑，道：“徒弟，这激将之法不是这么用的，待得空了我教教你。”

韦若昭见自己小伎俩被识破不禁面上一红，急忙嗯了一声，转换话题道：“你看天干什么？”

“这天怕是十天半月都下不了雨了。”

“这有什么？哦，你是说十天半月之内都不会有适合那杀手作案的天气？”

独孤仲平点点头，道：“可他每次摘牌七天之内必见分晓，许愿廊接牌子的路子已经断了，江湖上必会传开，若他还想吃这碗饭，这一单就一定要做，而且必须成功。”他说着停顿片刻，“曾大头用假金子骗了他，但他已经取了王朗的牌子，所以照样杀了王朗，况且他抛出了萧长辉这块牌子，想诱我们放松戒备，一切都说明，这个人是不会罢手的！”

“可现在萧府已经被围成铜墙铁壁了，近日又不会有雨，他该怎么动手？”

独孤仲平又一次仰头望天，突然若有所悟，道：“对了，他已经失去狼皮了，不再需要雨夜的掩护了，现在光天化日反而是最好的机会。”

韦若昭不禁四下看看，摇头道：“可他怎么进得去呢？”

“如果他已经进去了呢？”独孤仲平忽然想到一种可能，神情骤然变得严峻，“这么大的宅院，仆从家丁少说也得有百十来人……”

韦若昭当即明白了独孤仲平所指，按捺不住地叫起来：“那可得赶紧告诉胖大人啊！”她说着便要朝萧府大门方向跑，却被独孤仲平一把拉住。

“不能打草惊蛇，找管家悄悄查问，看哪些仆人是这几日内新雇新进的。”

而此时就在萧府狭长的回廊内，两个人影正一前一后朝回廊尽头的书房走去。前面一个年纪不大，一身书童装扮，后面一个穿着打扮乃是杂役，手里正端着盛满了点心吃食的银盘，一路左顾右盼，显得很是紧张。

“我说你这新来的怎么这么磨蹭啊？”书童颐指气使地朝后面的杂役嚷嚷，“耽误了老爷吃点心，看管家怎么收拾你！”

杂役赶紧唯唯诺诺地低头加快脚步，两人很快来到萧长辉书房外。四个金吾卫士正手扶腰刀守卫在书房门前，为首的乃是江平，见有人靠近，当即一声断喝。

“等一下！”江平说着走上前来，动作娴熟利落地将书童与杂役周身上下搜了个遍，接着又查看了下装吃食的碗碟托盘。见没什么异常，这才点点头。

“进去吧！”

书童领着杂役推门而入。

二十六

萧长辉的书房确实坐落在一片花木环绕之中。同样，就像独孤仲平推测的一般，为了不让自己的政敌有可乘之机，周围栽种的都是芍药、牡丹之类低矮的花卉，花园里虽也零星长着几棵垂柳，却也都不过是刚种下不久的树苗，即使是孩子也很难在此藏身。园丁为此可没少抱怨，说好端端的树木还没等长成便被挖出来丢掉，实在可惜。其实萧长辉的心思是宁可浪费些，也要保证外人难以在不被屋里人察觉的情况下靠近书房。

书房的主人此时正坐在书案前奋笔疾书，面前的一份奏章已经接近尾声，随着最后一行端正的小字跃然纸上，萧长辉不禁长吁一口气，仿佛一块压在胸中许久的大石终于落了地。他放下笔，又捧起写好的奏章看了看，这份弹劾朝中要人的檄文一旦上达天听，必将在朝野间引起一场巨大的变革。这是他花了许多时间收集材料，一一核实后才写就的，为的就是有朝一日能肃清朝廷中结党营私、贪腐糜烂的不正之风。

伏案许久，多少有些累了，萧长辉不禁站了起来，这间坐北朝南的书房几乎被高大的书架占满，唯一空出来的东墙上挂着一幅斗大的字幅，正是书房主人自己题写的“谨言慎行”四个大字，而字幅下摆着一张简单的床榻，便是萧长辉日常休息之处了。

萧长辉将完成的奏章卷好，小心翼翼地装进专用的竹筒内，又用丝线将竹筒紧紧绑好，接着将其放入桌案一角的矮柜，然后才慢慢踱到床榻前，缓缓地伸了个懒腰。

正午的日光从窗户照进来，明晃晃的，叫人睁不开眼睛。萧长辉一边舒展四肢躺下，一边抬眼打量着窗外。窗纸上映出金吾卫士笔直挺拔的身影，萧长辉知道这是庾瓒派来的护卫，多年的朝堂倾轧让他对庾瓒的居心洞若观火，不过这些萧长辉并不在乎，甚至那个威胁要取自己性命的杀手也始终未曾让他分过心。只要到了明天，一切就都结束了。

金吾卫士的吆喝这时自门外响起，萧长辉知道是书童来送点心了。果然很快书童的身影便出现在书房门前，后面还跟着个看上去很眼生的杂役。萧长辉懒得起身，道：“放在那吧！我一会儿会用的。”

杂役听了萧长辉的话却不知该将盘子放在哪儿，一时间有些手足无措，书童不由得嘟囔了一句，伸手接过来放在了书案上。

萧长辉和颜悦色地打量着杂役，道：“我好像没见过你啊，新来的吧？”

“回——回老爷，小的——”杂役在萧长辉面前显得很是紧张，瞠目结舌了半天也没说出完整话。书童又哼了一声，接口道：“他才来了两天，笨手笨脚的，老爷您可别生气！”

萧长辉只不以为意地一笑，摆摆手道："好了，你们先出去吧。"

两人离开，书房里恢复了萧长辉希冀的宁静。他随手扯了件袍子盖在身上，惬意地闭上眼睛，很快便进入了梦乡。

也不知过了多久，隐隐约约的，有风声自窗外响起，一扇窗户仿佛没有关严，在微风的吹动下发出轻轻撞击的声响。风渐渐大了起来，开着的窗户在风中抖动，撞击的声响也变得更大。而萧长辉却并没有受到影响，他发出一阵沉重而平缓的鼾声，显然睡得很沉。

而一道黑影就在这时轻轻落在地上，随着地上翻滚飞扬的落红一道，发出一阵沙沙的响动……

原本静谧的中午，突然被一声撕心裂肺的惨叫划破，接着惨叫转变成短促而凌乱的哀号，一声紧似一声……

当李秀一闻讯赶到萧御史府邸的时候，右金吾卫的差役已经将整个宅院里三层外三层围了个水泄不通。李秀一一看这架势便知事情不妙，索性先不进去，转而直奔旁边小巷。

他这回也没心思再学那杀手，施展轻功一个腾挪便直接蹿上了屋顶。

正是午后，鳞次栉比的屋顶沐浴在耀眼的阳光下，四下里一片祥和安逸，却没有半点凶犯的影子。

李秀一来到民房屋顶和萧府高屋顶之间的那两块木板前，仔细查看了下有无凶手走动的痕迹，接着便沿着木板登上了萧府的屋檐。

从上面俯瞰，书房周围也挤满了神情紧张的金吾卫士。却不知那萧御史怎么样了，李秀一正想着，就见韩襄与许亮越众而来，飞快地分开众人朝书房奔去。连仵作都来了，看来这杀手必是又一次得手了！

这家伙竟敢在光天化日之下动手，看来自己到底还是低估他了！李秀一恼怒地哼了一声，已然动作轻盈地朝院子跳了下去。

萧长辉半躺半坐在书房那张床榻上，身上一床厚厚的棉被一直盖到了脖子，而他的双手死死地攥住被子角，仿佛攥着什么珍宝似的。他的脸颊已比刚才凹陷了许多，脸色状如死灰，一双眼睛怔怔地望着空中，目光除了恐惧还有深深的空洞，仿佛灵魂已经被什么东西吸走了。

庾瓒呆立一旁，伸手去抹额角汗珠，还不时求救似的看一眼旁边的独孤仲平和韦若昭。独孤仲平朝庾瓒努努嘴，庾瓒鼓起勇气凑近萧长辉。

“萧大人，您——您再好好想想，事情是怎么发生的？”

萧长辉一双失了神的眼睛直勾勾望向半空，丝毫不理会庾瓒的话，嘴里只一个劲儿念叨着“狼来了”“狼来了”。

独孤仲平与韦若昭不禁面面相觑，显然这位萧御史是遭到了那狼皮杀手的袭击。可他既然已经没有了狼皮，却又怎么会继续扮狼动手行凶呢？

独孤仲平于是朝庾瓒一阵耳语，庾瓒便又问道：“萧大人，您放宽心，那杀手再进不来了，下官想知道的是，他到底是人是狼？”

萧长辉依然一副魂不守舍的模样，口中一阵嗫嚅：“是人，不，不，是狼……不，不，是人，不，还是狼……”

庾瓒只好无奈地摇摇头，韦若昭不禁低声道：“哎呀，这萧御史到底怎么回事？那杀手不是也没把他怎么样吗，怎么就吓得魂儿都丢了？”

说话间韩襄与许亮走了进来，许亮见了萧长辉的情形也有些惊讶，他试探着上前想要替对方把脉，可萧长辉却僵直着身子动也不动。许亮无奈，索性直接上去将萧御史身上的棉被猛地扯开。

眼前的情景顿时让在场的所有人都惊呆了，但见萧长辉的脖子已经被咬破，巨大的口子外翻着，鲜血尚未凝结，还在汩汩地朝外流淌。他胸前衣服已被抓烂，一片血肉模糊，凝固的血和衣服的碎片粘在了一起，清晰地显示着爪子撕扯的痕迹。

浓重的血腥味儿让韦若昭几乎喘不过气来，庾瓒、韩襄见了也忍不住侧头咧嘴。许亮倒是经验丰富，见状当即飞快地摸出一瓶止血药粉，一股脑儿地便朝那可怕的伤口上撒去。

萧长辉这时突然惨叫着挣扎起来，庾瓒、韩襄急忙上前一左一右按住他，许亮这才得以拿出纱布绷带替他将脖子上的伤口包扎好，又清洁了他身上其他伤口、敷上药，萧长辉也终于折腾得累了，又胡乱呓语了一阵终于沉沉睡去。

“怎么样？”庾瓒放开手，喘着粗气低声问。

许亮摇头道：“伤口不算太深，性命暂时是保住了！不过这儿——”他说着指指自己的脑袋，“我看够呛了。”

“从这伤口看，这杀手他到底是什么路数？”韦若昭也凑过来。

“什么路数？活活是个人变的畜生！”许亮冷冷哼了声，“那胸口抓的，还有那脖子上咬的，痕迹上看，明明都是人的手，人的牙，可你们谁见过这么使手使牙的？这他妈明明又是狼的做派，妖孽！妖孽！”

独孤仲平在整个过程中一直冷眼旁观，见书房一扇窗户并没有关严，心中顿时有了主意。他走回众人身侧，道：“老许，依你看，萧大人如果见到真凶，还认不认得出来？”

“认个屁！他现在瞧我们谁都像那畜生了。”许亮当即摇头表示否定。

独孤仲平脸上却浮现出一抹讳莫如深的微笑，转而看向庚瓒，道：“不妨把方才当值的卫士们叫进来，也好问问事情的究竟。”

二十七

庾瓒并不知道独孤仲平到底有何打算，但还是按照他说的将事发时于书房当值的几个金吾卫士叫了进来。

“你们是怎么当的差？光天化日之下，让那畜生钻进来了都不知道？”

庾瓒当着这一众手下实在是按捺不住心中的怒火，这下可好，且不说巴结御史大人，升官发财的美梦成了泡影，自己在城东左金吾卫郭歪嘴的地盘上大包大揽，就得承担起保护不力的责任。真是偷鸡不成蚀把米，庾瓒恨恨地跺着脚。

“都是一群废物！”

金吾卫士们却还忙不迭喊冤，其中一个道:“大人，冤枉啊！我们四个人一班，不错眼珠地盯着，要说连只苍蝇飞进去也能看见，可实在太奇怪了。”

“是啊，下午是我们的班，我们都在各自的哨上，只听得屋子里萧大人忽然惨叫起来，我们急忙冲了进去，就只看见萧大人……萧大人这样了……”旁边另一人补充道。

另一个金吾卫士也跟着点头。“我们马上又追出来，可杀手的影子也没看见，就见前窗开了一扇，倒是在墙根下找到了这个。”

韦若昭认出这便是江平，他说着将一团黑布递上前来，黑布散发着浓重的血腥。庾瓒颇为厌恶地接过来看看，但见里面是一件黑袍与一块蒙面的黑色布巾，大小、式样看起来都十分平常。

“这个有什么用，人呢？我要的是人啊！”庾瓒愤然将黑袍与布巾丢在地上。

独孤仲平却俯身下去捡了起来，幽幽地道：“不然，不然，有了这东西，这案子就快破了。”

“看来独孤先生已经有了妙计了？甚好！甚好！”众人尚来不及思索独孤仲平话中含义，李秀一已经砰的一声骤然从窗户中跃入。

庾瓒、韦若昭都是一愣，几乎异口同声地叫道：“李秀一？你怎么来了？”

“如独孤先生所说，这案子就快破了，我怎么能不来？”李秀一嘿嘿一笑，“庾大人不听我的，舍不得拿萧大人套狼，现在怎么样？”

庾瓒脸色自然很不好看，迫切地道：“唉呀，你就别提这一节了，都是我糊涂！你们倒是说说，现在如何拿了这似人似狼的畜生吧。”

“我已有了一条妙计，不过嘛，先来后到，不知独孤兄……”李秀一眯着眼睛打量独孤仲平，独孤仲平当即淡然一笑，道：“李兄请便！”

“这怎么行？师父，你也太好说话了——”韦若昭刚要打抱不平，却被独孤仲平一个眼神制止。李秀一露出一脸促狭的笑，道：“此计是不是甚妙，还得你们帮庾大人参谋参谋。”

他说着瞟了眼旁边的众金吾卫士，示意庾瓒屏退这些人，他才能说。

“你们几个先下去。”庾瓒等不得几人彻底出门去，已经迫不及待地看向李秀一，“到底是何妙计？”

“方才出事的时候，是否只有我们这些人，还有门口那几个庾大人的手下知道？”

庾瓒忙不迭点头。“是啊，萧府的人我都没让进来，他们至多是听说出了事，但萧御史到底怎么样了谁也不知道。”

“如此这计就成了。萧大人遭此不幸，不过总算还有一口气在。”

“可他被吓成那样，就算杀手在眼前也认不出来了呀！”庾瓒连连摇头说道。

“不用他认，他命中注定就是给我们当钓饵的。”李秀一冷冷地笑着，“我们只需严密封锁消息，外面的人还是轮班警戒，该送的吃食还送进来，该端出去的尿盆还端出去，一切如常！”

“你是说那杀手还会再来？”韦若昭忍不住问。

李秀一点点头，道：“萧大人并没断气，就是说凶手也没有看到他断气，我们再不时送进些笔墨纸砚，让人感觉萧大人还在奋笔疾书，写那些让有些人心惊肉跳的奏章。老许也不时来一趟，装作来换药的样子。”

庾瓒这时也有些明白了。“你是想做出一副让人看起来萧大人只受了轻伤的样子？”

“萧大人还在写，凶手和雇他的人就会比这次袭击得手前更着急，就算再有风险，他们也一定会铤而走险。”

庾瓒还是有些犹豫，道：“哎，老弟，这回我的人死死地看住这屋子，可连他是怎么进来的，怎么逃走的都没看见，你要是再来这么一出，不会把萧大人彻底断送了吧？那我可就吃不了兜着走了。”

“我可不是你的那些饭桶手下！”李秀一顿时冷笑出声，“我告诉过你，我已经查知了杀手来去的路数，只要我守在这里，你就回去准备赏金好了。”

独孤仲平突然插了句嘴，道：“李兄是指那天上的来路？”

李秀一眉毛一扬，有些惊讶，但立刻又恢复了微笑，道：“原来独孤兄也发现了，怎么在庾大人这儿还留了一手？”

“李兄谬赞了，李兄如何进得这院子，那杀手自然也能同样走这路子进来。”

李秀一见自己的来路被独孤仲平识破多少有些不爽，哼了一声，道：“聪明。那独孤兄你看，这计行得行不得？”

庾瓒、韦若昭也各自眼巴巴地看着独孤仲平。

独孤仲平却还卖个关子，沉吟一阵，方才点头道：“确是一条妙计，我看行得。”

庾瓒只等独孤仲平认可，听了这话当即一拍大腿，道：“那好，那就这么办吧，但愿这回能够擒了那畜生，我去吩咐他们。”

他说着急不可耐地出门去吩咐手下，独孤仲平来到李秀一身边，真诚地道：“那今夜又得辛苦李兄了。”

李秀一一拱手，道：“好说。”

“快入秋了，夜寒露重，蚊虫烦多，李兄可要当心些，不过还好，这几日都不会有雨。”独孤仲平说完转身要走，李秀一听出他似乎话中有话，急忙追问了一句：“你的意思是？”

独孤仲平将那团黑布在怀中又抱紧些，笑而摇头：“没什么，祝李兄好运。”

回到荣枯酒店的阁楼，独孤仲平在桌案前摊开带回的黑袍和黑色蒙面布仔细查看起来，韦若昭在他面前来回走动，忍不住抱怨着：“师父，刚才你为什么要对胖大人说李秀一的计策是条妙计？”

独孤仲平一笑。“那确是一条妙计啊。”

“那功劳还不都让他抢了去？”韦若昭不满意地嚷起来，“既然猜出了杀手进院子的路，何不我们现在也带几个人去，埋伏在那路上，抢在李秀一前面拿住了他？”

“该是咱们的谁也抢不走，不该是咱们的抢也抢不来啊。你师父没有那等身手，那条路子只有李秀一能走。”

韦若昭还不甘心，道：“那我们就多带人去……”

“衙门里的那些？”独孤仲平顿时摇头，“你觉得他们能给你壮胆，还是能给你添乱？”

韦若昭也深知庾瓒那群手下确实顶不上用场，可眼看着头功被李秀一抢去，心中还是不情不愿。

独孤仲平见韦若昭噘着嘴不说话，便又笑道：“你有时间在这里叹气，还不如去睡个好觉，也许到了明天早晨，功劳就自己来敲门了。”

庾瓒将一切安排妥当之后方才返回布政坊的右金吾卫衙门。

夜色已深，又奔波劳碌了整整一天，但庾瓒丝毫没有困意，李秀一的计划听起来很有道理，是眼下最有可能将那杀手拿住的办法，可这办法也有着极大的风险，很可能让已经神志不清的萧御史丧命，自己的仕途也很可能因此彻底断送。

但放任事态不管也已经是不可能的了，萧御史遇袭的消息早已传遍全城，庾瓒这会儿可谓是骑虎难下，升官发财已不敢指望，只有拿住了杀手，再把萧大人遇袭受重伤的事往郭歪嘴身上推，才有可能全身而退。庾瓒此时只能抱着不成功便成仁的心理坚持下去，不过好在独孤仲平对此也表示了支持，与李秀一比起来庾瓒还是更愿意相信独孤仲平，既然他也没有反对，可见此事也还是有成功的把握。

庾瓒正坐在座位上出神，韩襄匆匆走进来，道："大人，外面有位杜公子求见。"

"这都什么时辰了？不见，不见！"庾瓒随口应了一句，却又突然心念一动，"等等，姓杜的，哎，他有没有说他是谁家的公子？"

"没有，他只让我跟您说，他叫杜言。"

"杜言？"庾瓒在脑海中检索了一下这个名字，突然间眉头一皱，"杜言，杜敏中家的老二，快快有请！嗯，掌灯，开大门！"

见庾瓒已经忙不迭站起来，韩襄却不解自己这上司为何突然一副惊惶无措的模样，便问道："大人，这杜敏中是？"

"那可是当朝宰相！"

庾瓒说着已经一路小跑着朝门外迎出去。

二十八

庚瓒几乎是一路小跑着赶到官衙门口，就见一辆装饰华丽的马车已经停在了门外，从车上下来位年轻公子，看着不过二十多岁年纪，从头到脚乃是一色的绫罗绸缎，举手投足间俱是位高权重者难以掩饰的骄横。

庚瓒当即迎上前，恨不得一躬到地，谄笑道："杜公子，这是哪阵风把您给吹来了？这么晚了，还让您屈驾来我这儿，我应该常过去看您的。"

杜言只淡然一笑，摇头道："那倒也不必，反正我与庚大人也不认识。"

"什么认识不认识的，令尊杜大人是朝廷的柱石，圣上的左膀右臂，名满天下，哪个不知道？公子你也是年少有为，名动京城，下官虽不才，整天在街面上走动，这杜二公子的大名也快把我耳朵震聋了。"

"庚大人过誉了。"杜言听了庚瓒的恭维稍稍客气了一句，"不过我今夜来，家父并不知道，是我有一件事想向庚大人打听。"

庾瓒一愣，心想这手眼通天的杜公子居然特意来见自己这芝麻大点的小官，萧御史与杜言之父宰相杜敏中政见不和乃是人尽皆知，看来他这是替自家老子打探消息来了！

庾瓒心里盘算着，却还满脸堆笑，一副不解的样子，道："哦？公子想问——"

杜言瞟了一眼庾瓒身后的韩襄，道："走得渴了，不知可否向庾大人讨杯茶喝？"

杜言的举动更落实了庾瓒的猜测，庾瓒当即朝韩襄使了个眼色。"还不快去煮杯茶来？要小火，滚个三开，不得马虎。"

杜言看着韩襄点头而去，这才露出满意的笑容。庾瓒将杜言请进自己房间，道："公子可以讲了，您放心，我的手下都很晓事。"

"那就好，但不知庾大人您晓不晓事？"

"晓事晓事，下官做事从来都是讲分寸的，以后您就知道了。"庾瓒依然一脸媚笑，语调却变得更加小心翼翼，"公子想问的是？"

"我和萧御史萧大人是忘年之交，最是要好。今日我听说萧大人不幸被歹人袭击，这事虽是在左金吾卫的管界上，却是庾大人您的右金吾卫在查办此案，可有此事？"

庾瓒犹豫片刻，心想这杜公子肯定是有备而来，便点头道："确有此事。"

"萧大人真是流年不利，那么他的伤势怎么样？"

"这个嘛——"见杜言步步进逼，想来不摸清情况他是不会善罢甘休的，庾瓒也有心探探杜言的底，便故意吞吞吐吐的，"事关紧要案情，下官——"

杜言何尝不知庾瓒的心思，笑道："庾大人，我听说萧大人虽然逃得一条性命，可是这脑袋却已经坏掉了，不知这个消息是否确实？”见庾瓒还是支支吾吾，便又道：“我没有别的意思，实在是关心萧御史的安危，要是头脑坏掉了，他还怎么写奏章弹劾这个弹劾那个啊？”

好啊，果然是奔着萧御史的奏章来的！庾瓒飞快地在心里盘算一下，一个二品，一个一品，一个脑子已坏，一个当权得势，如何选择是明摆着的。想到此处庾瓒迅速拿定了主意，却故作为难地道：“公子恕罪，只是那凶犯尚未抓捕到案，案情不便透露啊！”

“看来是我让庾大人为难了，那就算了！反正此事也不是家父查问，我纯粹是出于和萧大人的私交，心里着急，过来问问！”杜言边说边打量庾瓒，见庾瓒一副欲言又止的样子，便试探道：“我不妨碍你办案，只不过想和你玩个点头摇头的游戏，你不用说话，只要点头或摇头即可，如何？”

庾瓒其实就等着杜言这话，当即点头。“如此甚好。”

“他还能认人吗？”

庾瓒摇了摇头。

杜言听了这话不禁笑了，毫不掩饰心中的释然，起身道：“多谢庾大人，我告辞了。”

庾瓒也跟着站起来，却笑道：“杜公子，我对令尊和你可是一片忠心，全无保留了。”

杜言点点头。“这个我心中有数，回去自然要在家父面前念叨念叨庾大人这些年来查案追凶、力保长安太平的功劳。”

“如此，下官绝忘不了杜公子的抬举。”

“小事一桩！”杜言摆摆手，貌似爽快，“哦，倒也还有件小事想麻烦庾大人，萧大人既然已失心发疯，若有什么写成的奏章压在手里也是可惜，不如庾大人取了来，由家父代呈圣上。”

这可实在是出乎庾瓒意料的要求，但话已说到这儿，自然也只能就坡而下，不过姿态还是要拿一下，庾瓒沉吟下，道：“这个嘛——”

杜言却以为庾瓒退缩了，冷笑道：“萧府里现在都是你说了算，桌上的文稿多一件少一件，还不是在你的一念之间？再者说，萧大人现在恐怕连你庾瓒都认不出来了，可家父身子还硬朗着呢，经此一事，一定会想着庾大人的好处，孰轻孰重庾大人还会没分寸吗？”

“公子的话甚是有理，下官一定尽力而为！”得到了承诺，庾瓒脸上再次绽开如花的笑容，“若能找到那些奏章一定呈送给大人，请公子放心。”

“好，我定转告家父，静待大人的佳音。”杜言这才满意地离开。

夜深了，一阵凉风袭来，虽不甚冷，但趴在萧府屋脊上的李秀一不由得打了个寒战，他使劲眨眨眼睛，生怕一时疏忽而失去捕捉杀手的良机。

通向民宅屋顶的木板仍然在月光下反着光，却没有一点动静。这时，李秀一听到身后院子中有声音，低头一看，只见庾瓒一个人悄悄来到书房门口。

守在门口的金吾卫士正靠在柱子上打瞌睡，庾瓒来到他面前，轻轻咳嗽一声。金吾卫士惊醒，急忙伸手抚刀。

庾瓒轻声地："是我。"

金吾卫士顿时一脸惶恐："庾——庾大人——"

"哼，多亏是我，要是那杀手，你这颗脑袋早就不知道挂在哪棵树上了！"庾瓒气哼哼地数落着眼前的金吾卫士，"我进去查看下，你给我加点小心。"

庾瓒说着走进书房，屋顶上的李秀一皱了皱眉头。庾瓒平日就不是什么尽心尽力的人，绝不可能这么晚了还一个人前来巡查。李秀一顿觉其中有诈，正想下去查看，就见庾瓒那胖胖的身影已经从书房里溜了出来。

庾瓒又训诫了守卫的士卒几句，便疾步消失在屋宇的暗影之中。但李秀一还是清楚地看见庾瓒将手中握着的一个竹筒揣进了怀中。

那种竹筒只能是装奏章用的！原来庾大人也是个贼啊！李秀一不禁若有所思地笑了。

韦若昭惦记着萧府的案子，天刚微明便迫不及待地去敲独孤仲平的门。独孤仲平这时也早已起身，正从墙上将那幅长安里坊图摘下来。

"师父，你怎么把地图摘了？"韦若昭边打哈欠边问，突然间心念一动，"这么说案子已经结了？"

"现在你可以把这张图收起来了！"独孤仲平笑着将地图卷起来递给韦若昭。

韦若昭不禁跺跺脚，既兴奋又懊丧地道："李秀一把真凶抓住了？我就知道功劳会让他抢走！”

独孤仲平却摇摇头道：“韩襄到现在还没有来报信儿，我猜李兄恐怕是白在屋顶上喂一夜蚊子了。”

“那你为什么摘了地图？你已经有办法抓住真凶了？”韦若昭不解地问。

独孤仲平看着韦若昭狡黠一笑。“我们先去萧府看看热闹。”

韦若昭对师父这副成竹在胸而又特别谦抑的样子已很是熟悉，他只有把案情彻底想通，有把握抓住凶犯时才会是这样的表情。韦若昭迅速地扫视下屋子，果然在屋角的几案上看见了几个东倒西歪的酒瓶，那还是案子刚发时她为师父备下的“药”。他昨晚吃了“药”，就说明他头疼过了，而他头疼了就说明灵感来了，案子就要破了！韦若昭只恨自己没赶上师父头疼吃药的当口，没能学些本事。

李秀一没抓住杀手，那么杀手到底是什么底细，去哪儿抓？自己一点都没头绪，师父怎么就这么笃定？韦若昭实在忍不住好奇，去往萧府的路上几次试探独孤仲平，可是一个字也没从他嘴里套出来。独孤仲平又时而陷入沉思，仿佛心不在焉的样子，韦若昭只得忍住不再多问，心里却好像有一万只蚂蚁爬过般奇痒难耐。

两人很快来到萧府门外，韩襄正好从里面跑出来，一见独孤仲平顿时像见了救星似的迎上前。

“哎呀，独孤先生、韦姑娘，你们来了，我正要去找你们呢。”

“怎么？案子破了？”韦若昭生怕错过了关节，不禁脱口而出。

韩襄却连连摇头，道：“还说呢，李秀一守了一晚上，也没见着那杀手的影子，这会儿和庾大人吵起来了，你们快去劝劝吧！”

二十九

独孤仲平、韦若昭随韩襄沿着回廊来到萧长辉书房外，就看见那些轮班守卫的金吾卫士都聚在门外一片稀疏的芍药花丛边，而庾瓒和李秀一的争吵声正从书房里传出来。

“这怎么能怪本官呢，明明是你的计策不灵。你说用萧大人当诱饵，我答应了，你说封锁消息一切照旧，我也答应了。是你说的凶犯一定还会再来，而且会走你发现的什么特殊的路子，现在怎么样？”这是庾瓒愤愤不平地质问李秀一的声音。

而李秀一的声音却也毫不示弱：“不错，凶犯是没有来，因为有人泄露了消息！凶犯得知萧大人虽然没死，可是也跟死了差不多，他达到了目的，怎么还会来？”

“荒唐！你的意思是我的人把消息走漏给了凶犯不成？”庾瓒这时看见独孤仲平和韦若昭走进来，当即上前将其拉住，“独孤老弟你来得正好，快来评评理。这李秀一实在是太荒唐了。他诱敌之计不成，居然怀疑咱们金吾卫把萧大人发疯的消息走漏给了凶犯。”

李秀一瞥了眼独孤仲平，却也有恃无恐地道：“独孤兄是明白人，让他评理，庾大人只怕你面子上就更不好看了。”

庾瓒一愣，心想莫非这李秀一知道了什么，不由得有些心虚，嘴上却还兀自坚持，道：“什么话？我有什么不好看的？大家都把话摊开来说，韦姑娘也听听。”

“那好，我就再问庾大人一句。”李秀一道，“真正想害萧大人的，并不是凶犯，对吧？”

“当然！”

“如果这个背后雇凶杀人的人，得了消息，萧大人已经再不能威胁他了，他还有什么必要再让凶犯来犯险？”

“话虽不错，可这人到底是谁，我们谁也不知道，怎么走漏消息给他？”

李秀一不由冷笑起来，道：“庾大人真不知道？这么说庾大人昨天晚上只是来查了一下岗，并没有从这屋子里拿走什么东西？”

庾瓒飞快地与韩襄交换了下眼神，道：“拿什么？我本来就是来查岗的！倒是你，不是你信誓旦旦说那凶犯一定会来，现在怎么样？人呢？”

眼看两人越吵越凶，独孤仲平终于慢条斯理地开了口，并示意两人放低声音。

“好了，好了，我听明白了，这事纯属误会。庾大人既不认识凶犯，也不认识凶犯的主顾，就算认识凶犯的主顾——”

“谁说我认识——”庾瓒忍不住急着辩白，却被独孤仲平一个眼神制止。独孤仲平又道：“我们知道凶犯只通过化度寺许愿廊和主顾联系，主顾并不认识凶犯，就算得了什么消息，也无法通知他。”他说着看向李秀一，“可是李兄的计策还是高明的，虽然没能引得凶犯自投罗网，其实也差不多了。”

众人听了都有些吃惊，就听独孤仲平继续解释：“他没有来，恰恰把自己暴露了。道理嘛，就是李兄说的，如果凶犯听说萧大人没死，以凶犯过去摘牌人必死的行事态度，他必定不会罢休，再危险，他也会回来寻机下手。那么他没有来，就说明凶犯已经得知了萧大人现在的状况。”

独孤仲平说着朝书房扫视了一圈，萧长辉躺着的床榻周围已经围起了一座屏风，将床榻与书房的其他部分分隔开来。

“而且，凶犯一定知道得很清楚。他的目的已经达到了，他放心了，自然也就不会来了。而我们这时候也就很容易将他找出来了。”

“真的？怎么找？”庾瓒顿时来了精神。

独孤仲平却笑而不答，又一次看向李秀一，笑道：“李兄好像有一番特殊的机缘，对狼的习性十分了解，能否跟我们说说你是如何识破了空并不是那狼皮的主人的？”

“这很简单，那狼皮的爪子处有一根铁棍，是穿上狼皮握持用的，磨得都已经光了。可了空手上虎口处并没有老茧，说明他并不常握住这根铁棍，也就不是这狼皮的真正主人。”

“那么李兄对真正穿这张狼皮的人狼也应该能辨认出来吧，如果我把范围只缩小到几个人中间的话？”

李秀一一愣，转瞬便明白了独孤仲平的用意，肯定地点点头。“没问题！不过你们得等我片刻，我要去取样东西。”

“一个时辰够吗？”

“足够。”

“那好！”独孤仲平点点头，“一个时辰，我们所有人都等在这儿，就等李兄回来捉拿凶犯。”

李秀一急匆匆转身出门而去，其他人暂时在这间书房内或坐或立，休息片刻。

“师父，你为什么又把功劳让给李秀一？”在等待李秀一返回的间隙，韦若昭忍不住低声埋怨独孤仲平。

独孤仲平只满不在乎地笑了笑，道：“不是我让给他，而是这功劳只有李秀一有本事得到。”

“反正我觉得你太好说话了！”韦若昭还是不平不忿，“人善被人欺，早晚会被他爬到头上去的！”

“如果李兄愿意那也没什么不妥。”独孤仲平悠然地品了口茶，“我不在乎。”

“可是——”韦若昭还想说什么，庾瓒已经一脸焦急地走过来，韦若昭只好把没说完的话硬生生咽了回去。

“仲平老弟，你到底有没有把握啊？等李秀一回来，我们就有办法擒住凶犯？”

独孤仲平抬头看一眼庾瓒着急的样子，咧嘴笑了笑，道：“只要你别再自作聪明搞出什么岔子，自然是有把握的。”

庾瓒只惊得神色一变，难道奏章那件事独孤仲平也知道了？照理说不可能啊，他有些心虚，又不敢问，只好顾左右而言他，道：“……那一会儿要不要把萧大人先移走，以保万全？”

“不必，萧大人就留在这儿，一会儿擒那凶犯，还要仰仗萧大人呢。”

庾瓒从独孤仲平那讳莫如深的笑容里实在读不出什么，只好模棱两可地哦了一声。

一声马嘶自远处遥遥传来，独孤仲平眼睛一亮，将手里的茶盏放下，站了起来，道："可以让金吾卫的弟兄们都进来了。"

随着庾瓒一声令下，韩襄领着一众金吾卫士走进书房。韩襄一进门就大声嚷嚷起来："大人，您吩咐吧，弟兄们都准备好了，我们去哪儿擒那天杀的畜生？"

庾瓒当即一脸不悦地哼了一声，道："吵吵什么，萧大人的伤势好容易有所好转，若是影响了大人将养，你们几个可负担不起！"

韩襄听言有些惊奇，放低声道："这么说萧御史醒了？"

庾瓒点点头道："不错！萧大人已经完全清醒过来，而且他告诉本官，他已经想起了那凶犯的模样！"他这一番说辞自然是刚刚独孤仲平特意教的，但跟着韩襄进来的一众金吾卫士不知情，纷纷露出惊讶之色。

就听庾瓒接着说："都听好了！萧大人还说了，那个凶犯他已经认了出来，他就在你们中间！"

本就惊讶的众人闻听此言顿时炸开了锅，韩襄一脸难以置信，颤声道："大人，您不是说笑吧？这——这是真的？"

庾瓒点点头，一副痛心疾首的语气，道："是啊，本官起初也不愿相信，只可惜证据确凿！"他说着望向众人，"你假扮恶狼，连伤多命，自以为干得天衣无缝，其实早就漏洞百出了，劝你现在马上出班自首，免得我们费事。"

众卫士急忙相互打量，都是一副急于怀疑别人，澄清自己的样子。

庾瓒那边却还说得愈加严厉:“看来你是不见棺材不落泪啊!你以为你时而是人时而是狼，本大人就认不出来你了吗？本大人这里也养了一条人狼，就让他来告诉我们，你到底是谁吧！”

庾瓒话音未落，一条铁灰色的身影撞开房门闯入，自然是披了狼皮的李秀一。他取回狼皮后就候在门外，专等这时进入。只见他四足着地，手脚并用，在众人面前昂头摆尾，十足便是一头狼的模样。

众人虽然已经知道这是人装扮的，却被他惟妙惟肖的姿态、架势震慑住了，不自觉地手按刀柄、摆出防御之势。

李秀一继续跳跃着、撕咬着，接着便以头狼的姿态昂首向天，发出一声挑衅似的长嗥。

韦若昭与独孤仲平一直在不远处看着，见了李秀一的“表演”也不禁面面相觑。

“他学得可真像啊！”韦若昭忍不住喃喃低语，“师父，你说这招真的能管用吗？怎么这么半天都——”

“耐心点。”独孤仲平的目光这时一直在一众金吾卫士身上打转，他没有告诉所有人的是，其实他也不知道那个人狼到底是谁，他只是能确定真凶就在其中，而且在这种紧张、惊惶的氛围中，一定会露出马脚的!

李秀一又腾挪跳跃了一阵，继而以爪刨地、喉咙里接连发出充满攻击意味的吼叫。

一声又一声嗷嗷的吼叫在并不宽敞的空间里回荡着，突然间，一声更响亮也更绵长的叫声响了起来，而这声音分明不是李秀一发出来的。

但见一个人影已经从金吾卫士中蹿了出来，同样一副四足着地、摇头摆尾的模样，虽然他穿着金吾卫的制服，但一举手一投足此时已是十足的狼的姿态，并朝着李秀一发出狼一般愤怒的嘶吼，而在那人眼中流动着的，却分明是狼才能有的凛凛寒光！

众人都惊叫起来，他那眼眸中的寒光在这个初秋的午后让所有人都感受到了彻骨的寒意！其他金吾卫士都纷纷抽刀出鞘，与其说是想上前不如说是想自保，因为抽刀的同时，他们都不约而同地退后几步，只是呈半圆状围住对峙的两人，或者说两狼！

三十

跳出来与李秀一对峙的正是江平。

他旁若无人地以狼的姿态死死盯住李秀一，仿佛周围的整个世界都已不存在，只剩下一个李秀一，穿着狼皮的李秀一！他双目微微眯起，目光中闪现出只有野兽才有的凶残。

众人还在不断退后，只有本已站得较靠后的独孤仲平和韦若昭没有动。

“怎么会是他？”韦若昭想起之前与江平打过的交道，忍不住一脸迷惑，她凑近独孤仲平嘀咕着，“那时他看起来挺正常的啊！”

独孤仲平听了韦若昭的话不禁微微一笑，道：“人不可貌相，有时候看着越正常越普通的，做出的事才最让人意想不到。”

江平与李秀一突然就像两匹狼一般撕咬在一起，粗重的喘息和低沉的吼叫回荡在这间装饰优雅的书房，却让人恍如置身丛林荒野。

庾瓒终于回过神来，冲众金吾卫士大声喝道：“你们还愣着干什么？快将他拿下啊！”

韩襄等人急忙抽刀上前，缩小了包围圈，但谁也不敢贸然靠近扭打成一团的两人。这两人激烈地撕咬着，一瞬间江平似乎占了上风，李秀一被仰面扑倒在地，江平朝他的颈部咬了下去。庾瓒、韦若昭当即紧张地惊叫起来，独孤仲平却知道李秀一一定不会忘记戴上方驼子送的那块护颈。

果然，就听见一阵牙齿与金属碰撞发出的刺耳声响，殷红的血水已经顺着江平嘴角流下，江平惨叫着缩回头，李秀一趁机一个鲤鱼打挺，跃起的同时砰的一爪击中江平额头，锋利的爪尖立刻划出道道血痕，江平应声倒地，李秀一上前又是一脚，踢中了他的胸腹，江平顿时口吐鲜血，躺倒在地上失去了反抗之力。

李秀一站起身，摘下狼头，一面喘着粗气，一面轻蔑地瞪着脚下的江平。而这江平却煞是剽悍，即便是在被一拥而上的金吾卫士五花大绑、按倒在地之后，目光仍是恶狠狠的。

“好小子，江平，原来是你，这下你还有什么可说的？”庾瓒见江平已经被捆结实了，这才壮着胆子走到他近前。

江平却瞪着庾瓒，冷笑道：“我不服！你们陷害我。庾大人，你破不了案，想找替罪羊也就罢了，为什么朝自己人下手？”

韩襄忍不住恼怒地插言道：“胡说！谁是你自己人？”

“说我是那杀手，你们有什么证据？”

李秀一哼了一声，道：“这证据还不清楚吗？我只做了个争抢头狼位置的姿势，你就按捺不住了，居然当众跳了出来！这就证明你深通狼性，只有深通狼性的人，才能以狼的方式杀死那些人。”他说着迅速低头查看下江平被反绑的双手，“虎口果然有老茧，所以这身狼皮的真正主人，非你莫属了。”

江平还是不服，叫道：“通狼性就是杀手？那我看你也很通狼性。大人，我向你举报，他才是杀手！”

庾瓒道：“萧大人已经认出你来了，我劝你还是不要再抵赖得好啊！”

“萧大人明明已经疯了，怎么会又醒了过来？”江平眼珠一转道，“你们串通起来陷害我。那日杀手袭击萧大人，身穿黑袍，黑布蒙面，萧大人就算见过，如何认得清？”

独孤仲平这时凑近韦若昭耳语一阵，韦若昭先是一愣，接着点点头，大声道：“庾大人早识破了你的伎俩，你说的可是这件袍子和这块布？”

韦若昭说着从独孤仲平手中接过他早已准备好的那件黑袍和黑蒙面布，江平点点头。

“不错，是我在前窗下发现的。”

韦若昭道：“当然得是你发现的，因为那时候你刚把它从身上脱下来，别人如何来得及发现？”

庾瓒以及众手下这才恍然大悟，江平却连呼冤枉，嚷道：“你有什么证据？”

“你要证据我就拿给你看！”韦若昭起初还有些不自信，但见独孤仲平一直用鼓励的目光看着自己，也渐渐地有了底气，“你这计划看起来天衣无缝，其实不过是漏洞百出，恰恰把你自己暴露了。你们看，这袍子如此之长，又不紧身，你们如果要冒险闯一个戒备森严的地方，愿意穿着它吗？”

见众人都连连摇头，韦若昭又道：“这袍子只适合你，因为它穿脱方便，你正可以借在萧大人书房外值守的机会，穿上它进去行凶，特别是它足够长，能遮住你的金吾卫制服和这双官靴。你想得很不错，因为时间紧迫，萧大人一叫，其他卫士就会冲进来，而你这时从开着的窗户跳出去，将袍子蒙面布迅速摘下，顺便擦干净手上嘴上的血，然后随其他人再次进屋，就说在前窗下捡到了这些，你将前窗打开，伪装成杀手逃跑的路径，其实你恰恰是从后窗跳出来的，那里正是你值守的位置。你早开好了一扇后窗，供自己出入。

“御史大人惨叫着，门外众卫士听了自然大呼小叫地往里冲，你朝书房后厢去，从开着的后窗跳出，沿着墙根奔到前窗，动作麻利地脱下黑袍和蒙面布，擦手和嘴上的血，打开前窗，然后拔出刀，再次冲进书房。可是在这个过程中，你犯下了不少错误，先是跳出后窗的时候，你的黑袍挂到了窗棱上的木刺划破了，而我师父在后窗上，找到了这块划破的布片，这就说明，杀手是从后窗逃跑的，而不是前窗。”

江平兀自狡辩道：“他从后窗逃跑我怎么知道？我只在前窗找到了这些东西。”

“你当然会这么说，因为我还没说你犯的第二个错误。你沿着墙根跑到前窗，边脱黑袍，边去开前窗，这也是你计划的一步，可你太着急了，没把手上的血擦干净，所以在前窗外面的窗棱上留下了血印子！试想一个逃跑的杀手，怎么可能不是从里面拉开前窗，而是无聊地已经跳出来再回身在窗户上留下自己的血手印呢？这只能说明，杀手就藏在我们自己人中间，而且喜欢自作聪明。

“其实，你还犯了第三个错误，你以为凭你的本事在瞬息间咬死萧大人不成问题，又穿着长袍遮住了自己的身份不会暴露。

你没想到，在搏斗中你的官靴在萧大人的床榻上留下了一大堆脚印，”韦若昭注视着江平，“我看用不着把你的靴子脱下来再比对一下了吧？”

江平听了这话终于面如死灰地垂下了头，颓然道：“要杀要剐随便吧！”

庾瓒道：“这么说，你承认王朗、曾大头、林掌柜，也都是你受人所雇行凶杀害的？”

江平点点头。

“化度寺的了空是你什么人？”

“是我表弟。”

“看来你学会了狼的行事方式，连心思也变得和狼一样狠毒了。他是你的同伙，还是你的表弟，你居然眼见许愿廊的秘密要暴露，就把他抛了出来，还亲手把他淹死，做成他就是人狼杀手畏罪跳渠淹死的假象。”独孤仲平这时慢条斯理地说道。

“你是怎么知道？”江平忍不住问。

“当时庾大人询问众卫士捉拿了空的情景，你说了句‘不过有道坝子，挡住了他一段，要是那时候发生什么，我们看不见’，不过等于告诉了我，你正是在那道坝子后面，趁所有人都看不见的时候，将水性相当不错、以为自己的表哥会利用金吾卫士的身份放走自己的了空，按到水里，强行淹死了。”

“这么说你们早就怀疑我了？”

独孤仲平只一笑，摇头道：“真的让我觉得这杀手其实离我们很近，是当我得知你只要一个名牌就能在长安找到任何人的时候，谁这么神通广大呢？如果不是神仙，就只有能看到长安户籍资料的金吾卫的人了。不过你居然连李兄住的地方也能寻了去，反倒迷惑了我，因为我知道，李兄可不是个喜欢循规蹈矩的人，他的神仙窝，咱们衙门的那些破烂里是不会有登记的。”

独孤仲平说着走到李秀一面前，笑着冲他眨眨眼睛。

“可后来我又想明白了，都怪李兄往衙门里来的次数太多了，能进出咱们衙门的人，多少都能知道些他的行踪，不过你那时多半还不知道李兄为给长安除你这一害，有多么大义凛然，使出了引火上身的招数，往许愿廊挂写着‘李秀一’牌子的是他自己，而且他乔装骗过了了空，你们不知道来送钱的雇主就是他自己，太冒险了。曾大头以为雇主见不到杀手，杀手一定也见不到雇主，就用假金子骗你，可被了空记住了容貌。”

李秀一摸了摸脖子上的护颈，嘿嘿一笑，道：“独孤兄过誉了，要不是这块宝贝，我也险些吃了他的亏。”

独孤仲平跟着笑了笑，接着道：“不过，直到你昨晚没有出现的时候，我才真正确定杀手就是你，因为只有这屋子里的人，才知道萧大人现在的真正状况。那杀手被曾大头骗了，只因摘了王朗的牌子，就还是没有放过王朗。他得知萧大人还有一口气，再危险也会现身的，天日朗朗的中午他都来了，何况晚上？可他却没有来。等于告诉我们，他准确地知道自己已经得手了。这是你犯的最大的错误，其实，你只需昨晚在屋顶上虚张声势一番，不用犯险，只要安全脱身，就可以骗过我们，永远不会发生今天这一切。你还是中了李兄的诱敌之计啊！”

独孤仲平说着，又故意朝李秀一眨眨眼睛。李秀一霍然起身，冲独孤仲平一拱手，语气僵硬地道：“不敢掠美，还是独孤兄占先了！”

独孤仲平微笑着点点头。韦若昭见自己师父已占尽上风，很是得意，昂起头朝李秀一挑衅似的撇撇嘴。

但李秀一完全没理会她，而是俯身凑近江平，用众人都意想不到的温和语气问道：“你在狼群里混过？”

江平点点头，眼光中也重新有了人的温度：“小时候，在万年县山里，我走丢了，一群狼收留了我，混了有一年多，可后来我爹娘带着猎户把那群狼都打死了！把我又找了回来，可我其实……嗨！”

所有人包括独孤仲平这回都瞪大了眼睛，朝江平围拢些，仔细地听着他讲述。李秀一同情地拍了拍他的肩：“你其实并不想回来？”

江平的眼眶竟然有些湿润起来，继续道：“不想回来又能怎么样？它们都死了，我是进进不来，回回不去啊！”

众人听言面面相觑，不知说什么好。

“你不该杀了了空！”李秀一注视着江平，眼神中既有感慨又不乏轻蔑，“这不是狼的作为。”

“我知道。其实这些年来，我这心里也不知道自己到底是人，还是狼。”江平垂下头，嗫嚅着。一瞬间，那神态竟又恍如当年那幼稚迷途的孩子，与刚才那副凶悍残忍的兽态完全判若两人。众人一时间全愣在当地，不知所措。只有李秀一摸出那只狼爪，凑近江平的脸颊。江平一愣，继而痴迷地将脸凑过来，在那狼爪上抚蹭几下。李秀一收了狼爪，起身，伤感地挥挥手。

众金吾卫士这才醒悟过来，推着江平往外去。

三十一

“师父，你怎么肯定江平不会去查看萧大人床榻上是否真的有什么靴印？”

回到荣枯酒店，韦若昭依然无法平息心中兴奋，非要缠着独孤仲平陪她喝酒。独孤仲平拗不过她，只好让碧莲准备了几个好菜，亲自给她斟酒敬酒，但自己只闻闻酒香，并不陪饮。韦若昭知道他的怪病，自然也不相劝。师父能相陪她已经很是高兴了，要知道这可是入师门以来第一回呢。人一高兴就不禁多饮了几杯，接着就忍不住叽叽喳喳，问东问西起来。

“这道理很简单，我让你说这是他犯的第三个错误，前两个错误都是确实的，我先抛出来，他被人说中就会发慌，也就想不到要验证这一个。其实，这一个才是最重要的，前两个并不能够完全牵连到他身上，可因为他确实做了，也就无法跳出来想这件事，所以就认了罪。”

“我懂了，”韦若昭深以为然地点点头，“要想骗一个人，一定要把那句关键的谎话，包在一大堆千真万确的实话里。可我还没想明白，师父，你到底是什么时候认定那杀手就是江平的？”

“你觉得呢？”

“在化度寺盘问那些和尚，我们得知了空其实水性很好时？”

独孤仲平笑而摇头，道：“怎么会？我就是能掐会算也算不出来了空居然是他表弟，那时候我和你一样，刚刚意识到了空只是帮凶。”

“那就是那天，在萧府门外，你一直望着天，说这几天都不会下雨，杀手也许已经潜入了萧府？”见独孤仲平依然摇头，她又想了想，“那一定是江平把那黑袍子交给你，说他是在前窗下捡到的，那时候你一定认准他了。”

“也许真是他在那儿捡的，杀手也可能是另外一个金吾卫士，把黑袍子脱下来，顺手扔在了那儿，那时候我并不能肯定就是江平干的。”

“那到底是什么时候嘛？”

“其实，我知道杀手是江平的时间和所有人完全一样，就是当他扑向李秀一的时候。”

“什么，”韦若昭惊讶得差点没拿住手中酒杯，“你是说到那时，你也只是认定杀手是那几个人中的一个，但具体是哪个你并不知道？”

“没错，就连了空淹死的时候，到底是他们谁在水中下的手，我也不可能知道。你忘了？那天我差点跑断了气，根本没追上他们，怎么看得清？江平说的那句什么坝子挡住了的瞎话，我只不过是事后牵连到他身上罢了。”

“那你怎么那么肯定江平会忍不住跳出来？”

“我也不能肯定，只不过是对李秀一很有信心罢了。”

韦若昭这才明白了，不由得气呼呼放下酒杯，嚷嚷道：“原来是这样，他一定和你说过他和狼在一起的经历，所以你知道他会模仿争抢头狼的姿态叫声，而杀手这么熟悉狼，一定会中这一招。哼，你们男人有秘密宁可和对手分享，也不告诉我们女人，真是气人。”

“他可什么也没告诉过我。”独孤仲平悠然一笑，“只是有一次纠正我说，他手里总在玩的不是狗的爪子，而是狼的。经验告诉我，一个男人永远不离身的东西，一定占据了他生命的一部分，也许是最重要的一部分，所以我把最后识别出这条人狼的宝押在了李秀一身上，幸运的是他没有让我们失望。你要是真想知道他和狼的故事，我看你好好找他聊聊，他倒宁愿讲给你听啊。”

“我才不想知道呢！”

韦若昭的目光这时落在一旁角落里的那张琴上，不由得心念一动。“师父，你再弹琴的时候，能让我在旁边听吗？”

独孤仲平有些漫不经心地笑了笑。“等以后吧，下回月圆的时候，我要出去一趟。”

明亮的月光下，一个黑影背着个大口袋轻车熟路地走在右金吾卫官衙院子里，他一路来到庾瓒平日办公的那个小房间门前，房间里没有光，窗户却是虚掩着的，见四下无人，便闪身从窗户翻了进去。

庾瓒这时刚刚结束了公务从大堂回来，他边走边晃着手里的灯笼，心中小算盘正打得噼啪乱响。人狼杀手已经落网，虽有些遗憾未能借上萧御史的力，不过能搭上宰相杜敏中这班船也是意想不到的收获。他想着得意扬扬推开房门，却一眼便看见一个人影正坐在自己的座位上。

“什么人？”庾瓒吓了一跳，借着手里的灯笼光战战兢兢地看了看，方才露出释然的表情，“哎呀，是秀一老弟啊！”他说着走进去，一边点蜡烛一边说道：“你还是这急脾气，结案的文书我刚递上去，赏金你就是明天来取，也少不了你的嘛！”

李秀一却只自嘲地一笑，道：“我是小本买卖，一日一结，才有明天。”

庾瓒不愿得罪李秀一，忙迎合道：“好，好，一日一结也好。”庾瓒边说边从桌案旁的钱箱里取出几串沉甸甸的铜钱推给李秀一，“这个案子几番波折，总算是破了。真想不到，居然是我手下的人，太可恶了，他简直就是一条披着人皮的狼，还是多亏了老弟你呢，之前咱们之间那些纯属误会，你可不要计较啊！”

李秀一打量一下面前的钱，又拿起一串掂一下，再放下，和其他的钱一起，一下子都划到自己的一只大钱袋里。

“我还要这么多。”

庾瓒听了不由得一愣，道：“怎么？不是说好——”

“这一笔我要这个数的一倍，现在就要，一文都不能少。”

“之前帮会那一笔，五五开，我已经算给你了。”庾瓒脑子转得飞快，“这江平虽然最后是你拿住的，可你总不能说都是你的功劳吧？那天的情形你也在场啊，独孤仲平那边我怎么也得给他五成，你这一半，比照他得的再让我两成，也是咱们早就说好的。”

李秀一却一副不容商榷的口吻，道：“我说的这一笔不是指江平，这案子是独孤仲平破的，我一文都不要。你也甭想利用我占这两成的便宜，十成都得给独孤仲平。”

庾瓒这下彻底不明白了，疑惑地问道：“那你是什么意思？”

“我跟你谈的买卖是这一笔！”

李秀一冷冷一笑，伸手从怀中摸出一样东西朝庾瓒晃了晃。庾瓒一看不由得倒吸了口凉气，原来李秀一手里拿的是一只细长的竹筒，正是庾瓒从萧御史书房取走，里面装着萧长辉最后那篇弹劾奏章的那一只。

“这——这怎么会在你这儿？”

“庾大人好粗心啊，这么重要的东西，居然就这么随随便便地放在这人来人往的地方，”李秀一阴阳怪气地笑着，“还好是让我捡了，若是被那些别有用心的人拿了去，真不知道大人该拿什么去应付那正等着这东西的大官啊？”

庾瓒一听这话便知道自己的秘密已经藏不住了，只得又从箱中取出好几串铜钱，脸色却甚是难看。

庾瓒道：“秀一老弟，你要是最近手头确实紧，凭咱们的交情直说就是，何必来这一套？这样做买卖只怕你以后的路是越走越窄了。”

李秀一却满不在乎地一笑，道：“庾大人，就是因为我们的交情，我才给了你买条活路的机会啊！”

李秀一说着将手里的竹筒递过去，庾瓒忙不迭伸手去接，李秀一又突然手腕一沉。

“独孤仲平的十成一文不许少。”

“这个自然！”庾瓒连忙点头，李秀一这才松开手，庾瓒将那竹筒抢到手里，急惶惶打开来看，却发现竹筒里是空的。

“李秀一，你耍我？”庾瓒终于按捺不住愤怒与惊惶，咆哮起来。

而李秀一还是不慌不忙的模样，笑眯眯地道：“我是便宜卖给你条活路啊！你真打算就这么把这竹筒连里面的奏章，一起交给这位权势熏天的大人吗？”

庾瓒注视着李秀一，见他眉目神情颇为严肃，全然不似唯利是图、落井下石之辈，便也不由得认真起来。

“我是不懂官场，可我懂江湖。死了江平这一匹狼，这长安城里就没有虎，没有豹，没有蛇蝎了吗？写这奏章的人得死，看过这奏章的人，活着也总不让人那么放心啊。”李秀一笑了笑，“我以前认识一匹狼，是头狼，我们成了好朋友。后来有一次，它被猎夹子夹住了爪子，我不顾一切地去救它，为了救它的命，我一镰刀砍下了它的爪子，它才得了机会逃走了。可后来，它和它的狼群都躲着我，再也不和我亲近了。我不明白，整天到山里去找它们，追它们。直到后来，我干了金吾卫，忽然明白了过来，狼通人性，但比人善良，如果是人，他会表面感谢我，内心却记恨我，甚至找机会害我，只因为我见到了一个强者最无助的时刻，而狼只是远远躲开了我罢了。”

庾瓒只听得冷汗直流，越想越觉得李秀一所言句句在理。真是好险！看来自己是被升官发财的念头冲昏了头脑，竟没看出这事机中的凶险！

“那我该怎么办？”

“把这个竹筒给他，就说怕人多眼杂，把里面的东西替他烧了。”李秀一停顿片刻，“说的时候要故意显得有点言不由衷的样子。若有似无，他就不敢轻举妄动。”

庚瓒当即躬身深施一礼，道：“多谢指点！”

“谢什么，我又不是白送你的。”李秀一说着拿着钱袋站起来，又抬脚将之前背来的那只大口袋踢向庚瓒，“把这个给江平送去吧，让他穿上，死的时候有点狼样。”

那口袋咕噜噜滚到庚瓒脚边，里面的狼头露了出来，在半明半暗的灯光下显得分外狰狞。

三十二

李秀一坐在赌台一角，面前堆着如小山般的一串串铜钱，他是背着那一袋铜钱出了衙门就直奔赌馆而来的。

荷官打开骰子盅高喊着：“杀大赔小，天门不动。”

李秀一哈哈大笑，将一大堆铜钱推到赌台中央，嚷嚷道：“太好了，太好了，赶快都拿去，这些劳什子咬老子的手，老子一个不留！”

众赌徒还没见过谁输了钱会如此高兴，不由得纷纷将疑惑的目光投向李秀一。也在此地的许亮走过来，在李秀一旁边坐下，问道：“李老弟，你这是唱的哪出啊？凭你的手段，怎么会这么个输法？”

李秀一却满脸不在乎，冷笑道：“今天老子无案可查，是专门来找乐子的，不输钱还有什么乐子？”

“输钱找乐子，我赌了这么多年，还是头一次听说。”许亮自然十分不解。

荷官这时又开始大喊：“来了，来了，赶快下注了，押定放手。”

李秀一当即将一大堆钱向前推了推，道：“连开十把小，老子偏要押大，这些都押了。”

许亮不禁吃惊地看着李秀一，接着他好像明白了什么，忙低声道：“李老弟，什么时候把你这手上的本事也教教我？”

“想学这一手？”李秀一又从脚下的钱袋子里摸出一把铜钱，一股脑儿摊在桌子上，“你得先学会输钱！”

许亮一副丈二和尚摸不着头脑的样子，李秀一哈哈大笑，继续把一串串铜钱推出去，一次又一次地推出去。

李秀一离开赌馆时天色尚早，他摇摇晃晃地沿街踱步，独孤仲平就在这时突然闪身出来，将那枚开元通宝用两根手指夹着，举到他面前。

李秀一一下子站住了，打量一下那开元通宝，又斜睨下独孤仲平，脸上渐渐泛起笑容。“真是难得啊，独孤先生这是要请我和他合作了。看来，这方驼子对他真是个重要的人。”

“那还要看怎么说了，”独孤仲平笑了笑，“你碰上他是在哪个坊？”

“到了那个坊，如何找他？”

两人相视，都是微微一笑。

“怎么没带着你的乖徒弟？”

“这件事她不需要知道。”

“看来谁都喜欢藏起自己的秘密，窥探别人的秘密啊。”李秀一不禁意味深长地笑了，“你不觉得奇怪吗？咱们俩居然这样并排着，在长安的大街上招摇过市。”

独孤仲平只一笑，摇头道：“这有什么奇怪，李兄自己不也说过，你我总有合作的时候，就算是各取所需好了。”他说着四下张望了一阵，“还有多远？到底哪个坊？”

说话间两人已经来到西市，李秀一突然站住，朝独孤仲平嘲讽地一撇嘴，摊开双手：“就是这儿！”

“西市？”独孤仲平起初还有些诧异，接着便拿出那枚开元通宝四下观望起来，“如果我没理解错的话，他就在有这两个字的地方。”

李秀一也跟着左顾右盼起来，道：“那天，就在这附近，我眼看就要追上他了，可一眨眼他就不见了。”

独孤仲平道：“他腿有毛病，跑不快，一眨眼不见了，就说明他藏身的地方一定在就在附近。”

独孤仲平的目光迅速地从周遭鳞次栉比的店铺一扫而过，很快便望见不远处悬挂着两家店铺的招牌，左边的一家叫元盛绸缎庄，右边的一家叫润茂开，两家的招牌几乎挨在了一起，这“开”和“元”两个字也离得颇近。而两家铺子中间是一条极狭窄的小道，基本只能容一人通过，但从传出的声音和隐约的影子看，里面似乎还有一片洞天。

独孤仲平脸上是一副突然领悟的惊喜。“原来开元是两家铺子各取一个字，方孔代表的是中间这条路。”

李秀一听言急忙从独孤仲平手中拿过那枚开元通宝的铜钱又看了看，意识到独孤仲平的分析果然不差，这是他聪明呢？还是他更了解方驼子的为人？正思忖着，独孤仲平已经朝那一人宽的小巷大步流星地走进去，李秀一急忙跟上。

从小巷走进来很深，终于开阔了些，这里有一个小食铺，虽然没有招牌，但也有不少人进进出出。独孤仲平和李秀一对视一下，迈步走了进去。

两人刚在一张桌边坐下，店伙计已经热情地迎上前。

“请问，两位有谁叫小爽子吗？”

独孤仲平听言，全身一震。李秀一有些不解地看着他，道：“怎么？”

“哦，您就是小爽子？”店伙计看向李秀一，李秀一还没说话，独孤仲平已经不紧不慢地开了口：“有什么话可以跟我说。”

“刚才有位客爷吩咐过，说要是有个叫小爽子的人来找他，就请到雅间稍坐，他马上就到，有要事和您商量。”

独孤仲平想了想，问道：“这位客爷是不是个驼子？”

“没错。”

“那他还和你说了什么？”

“没有，小的就是个跑堂的，并不认识那位客爷啊！”

李秀一见独孤仲平还想再问，觉得他有些多事，当即不耐烦地站起来，道：“既然是这样，那就领我们去吧。”

他说着已经自顾自随店伙计朝楼上走去，独孤仲平见状也只好起身跟上。

伙计推开楼上一间雅间的门，将两人让进去。但见屋里的陈设果然比外面高级、雅致些。屋中间还放着张已经摆了酒菜的桌子。

“看来，你的老朋友是要请我们吃饭啊，他和你还算得上叙旧，可偷偷地调查我，到底是为的什么呢？”李秀一道。

独孤仲平心中其实抱有同样的疑问，却不想将全部前缘因由告诉李秀一，正沉吟着，忽然发现自己过于被李秀一的问题影响，竟然对一个明明已观察到的细节有所忽略。而这个细节就如一个巨浪中的一截浮木，虽在他的心海中沉没下去，终又顽强地翻上来。独孤仲平半问李秀一半自问道："李兄，你可记得咱们进来的这家小店叫什么名字？"

李秀一当即摇头道："没见有招牌啊！"

"那你觉不觉得外面那些客人有什么地方不对劲？"

李秀一想了想，说："他们劝酒划拳得还挺热闹，就是桌子上的酒菜好像没怎么动过。"

"还有那个伙计！"独孤仲平的脸色骤然变得冷峻起来，一边回忆一边道，"他左臂上搭了条手巾，但他的袖子并有挽起来，手巾是搭在袖子上的。"

李秀一这时也有些明白过来，惊讶道："你是说他不是伙计？"

"这店铺、客人，还有伙计都是假的！"独孤仲平一字一顿，一边说一边已站了起来，"这根本就是个局！"

李秀一当即冲到门口，一脚踹开雅间的门朝楼下大厅里张望。整个小食铺的人连伙计带客人已经都不见了，楼上楼下都空无一人。独孤仲平没有朝楼下望，却冲到雅间里面，将一道拉门一把拉开，只见里面又是一个隔间，地上几件出土古董摊开在一侧，另一侧是一个钱袋子，里面一串串装着不少铜钱。

"不好，这是个伪装的赃物买卖现场，我们被栽赃了！"

独孤仲平和李秀一迅速地交换下眼色，一阵嘈杂的脚步声与人声就在这时自外面响起。很快，一众身穿赭石色内卫服制的卫士冲进小食铺来，他们大呼小叫地楼上楼下搜索着，又闯进雅间来，显然是得到了什么消息，但呈现在他们眼前的只有那一地的假古董与铜钱，独孤仲平与李秀一却已经不见了踪影。

其实两人这时就藏在小食铺的屋顶上，当然如此利落地攀上屋顶，独孤仲平受到了李秀一莫大的帮助，他几乎是被李秀一连推带抱弄上来的。

眼看着众赭衣侍卫吵吵嚷嚷地沿着小巷朝远处追去，渐行渐远，两人这才各自松了口气。

“这可不是金吾卫的官衣啊！”李秀一喃喃自语着。

“是内卫，由宦官们统领，直属皇上的。”独孤仲平接口道。

李秀一不禁哼了一声，道：“看来，你这老朋友可不怎么仗义啊，给我们摆的是鸿门宴啊。”

独孤仲平却摇了摇头，道：“他没想要我性命，不然会弄个死人放在那儿。”

李秀一心中一震，弄一个死人加一堆钱财放在一起栽赃，这个场面他实在是太熟悉了。不，岂止是熟悉，是永世难忘的一种记忆！那是四年前的一天，他和师父刘全一起去抓捕江洋大盗“小蘑菇”，两人冲进线报提示的“小蘑菇”的老巢，却发现“小蘑菇”已经死在了里面，时候却是刚刚好，尸体还没凉下去，而旁边已堆着几袋用金吾卫的专用布袋装满的金银财宝。师父说这是个陷阱，他们被人栽赃了，两个人正要离去，外面却已被和师父有仇的另一伙金吾卫包围！师父告诉他，这一定是一伙由一个叫千面佛领头的骗子干的，因为自己过去查办过他。那时候，李秀一还天真地想走出去和那另一伙金吾卫说清楚，师父只凄然地笑了笑，对他说，一会儿醒过来，别说傻话，记住，你师父死在千面佛手里！话音未落，师父就出重手将他击晕了，他也因此逃过了罪责，但师父却被拿住，判罪，直到被处死。

这些年来，李秀一虽说退出了洛阳金吾卫，却从来没有放弃寻找千面佛一伙人，难道说……？李秀一拼命地抑制住内心骤然间的翻江倒海，不停地对自己说沉住气，他决定继续试探独孤仲平的口气，于是冷笑一声，道：“刚才你的反应可够快的，不然我们非着了道儿不可。看来你对这一手很熟悉啊。”

“方驼子毕竟不是千面佛，他找的鹞鹰不行，露底了。”

李秀一只一愣，低声道：“千面佛？你认识千面佛？”

“曾经认识，他死了。”

独孤仲平仍在观察远去的那伙人，全然未注意到李秀一正盯着自己，而且目光变得越来越严峻。

千面佛！果然是千面佛！也对，他多半曾是和千面佛一伙的，起码有很大瓜葛，不然他独孤仲平怎么会有这样的本事？李秀一在心里飞快地盘算着，他终于找到这伙人了！为师父报仇的机会就在眼前，他可得好好把握。

这天的晚些时候，李秀一再次走进那家赌馆，仵作许亮早就混迹在众赌徒间，一见李秀一进来，忙凑到近前。

“李老弟这把是想赢还是想输？”

“还没想好，怎么了？”

许亮神秘一笑，低声道：“告诉你个消息，江平下午刚转到刑部大牢里，就不明不白地死了。”

李秀一吃了一惊，表情有些僵硬，道："怎么死的？"

许亮顿时摇头，道："刑部的牢房，哪轮得到我验？其实，他这么死了也好。"

李秀一刚刚板起的脸又逐渐恢复了嘲讽的笑，点头道："没错，省得相干的不相干的再搭进几条人命，反正他也是个死。"

许亮又继续说道："庾大人听说之后，把你送来的狼皮转了过去，嘱咐他们埋人的时候给他穿上。"

"这他妈狗娘养的世界，谁又不是一张皮套一张皮呢？只不过看你死的时候能穿上哪一张罢了。"李秀一低声感叹了几句，当然他这时不只想到了江平，也想到了自己和那缺了一只爪子的头狼，甚至还有独孤仲平和千面佛。独孤仲平居然是千面佛一伙的，那么他和自己成了对头也真是命中注定了！想起所有这些恩怨，李秀一突然疯狂地大笑起来。

"好啊！真他妈好啊！老子今天要输钱，输个痛快！"李秀一把所有的铜钱都推向了赌桌中央。

众赌徒连许亮在内，一座皆惊，喧闹的赌馆竟突然获得了一个安静的瞬间。

图书在版编目（CIP）数据

长安三怪探之人狼变 / 独孤门下著．—南京：
译林出版社，2016.1
ISBN 978-7-5447-5606-8

Ⅰ．①长… Ⅱ．①独… Ⅲ．①侦探小说－中国－当代
Ⅳ．①I247.5

中国版本图书馆CIP数据核字（2015）第159095号

书　　名　**长安三怪探之人狼变**
作　　者　独孤门下
责任编辑　陆元昶
特约编辑　王秀莉
出版发行　凤凰出版传媒股份有限公司
　　　　　　译林出版社
出版社地址　南京市湖南路1号A楼，邮编：210009
电子邮箱　yilin@yilin.com
出版社网址　http://www.yilin.com
印　　刷　三河市祥达印刷包装有限公司
开　　本　640×960毫米　1/16
印　　张　14.25
字　　数　153千字
版　　次　2016年1月第1版　2016年1月第1次印刷
书　　号　ISBN 978-7-5447-5606-8
定　　价　22.80元